Tradução
Rachel Agavino

3ª edição

— *Galera* —
RIO DE JANEIRO
2019

CIP-BRASIL. CATALOGAÇÃO NA FONTE
SINDICATO NACIONAL DOS EDITORES DE LIVROS, RJ

S453e
3. ed.

Sedgwick, Marcus
Ela não é invisível / Marcus Sedgwick; tradução Rachel Agavino.
– 3. ed. – Rio de Janeiro: Galera Record, 2019.

Tradução de: She is not invisible
ISBN 978-85-01-10456-4

1. Ficção inglesa. I. Agavino, Rachel. II. Título.

15-21653

CDD: 028.5
CDU: 087.5

Título original:
She is not invisible

Copyright © Marcus Sedgwick 2013

Publicado originalmente por Indigo, uma divisão de Orion Publishing Group Ltd
Orion House
5 Upper St Martion's Lane
London WC2H9EA

Todos os direitos reservados. Proibida a reprodução, no todo ou em parte,
através de quaisquer meios. Os direitos morais do autor foram assegurados.

Editoração eletrônica: Abreu's System
Adaptação de capa original por Renata Vidal da Cunha

Texto revisado segundo o novo Acordo Ortográfico da Língua Portuguesa.

Direitos exclusivos de publicação em língua portuguesa somente para o Brasil
adquiridos pela
EDITORA RECORD LTDA.
Rua Argentina, 171 – Rio de Janeiro, RJ – 20921-380 – Tel.: 2585-2000,
que se reserva a propriedade literária desta tradução.

Impresso no Brasil

ISBN 978-85-01-10456-4

Seja um leitor preferencial Record.
Cadastre-se e receba informações sobre nossos lançamentos
e nossas promoções.

Atendimento e venda direta ao leitor:
sac@record.com.br

Para Alice, só por ser legal.

Se o homem olhar bem e com atenção, verá a Sorte: embora ela seja cega, não é invisível.

Francis Bacon — *A boa sorte*, 1612

Sumário

Pra outra fase	11
Seu livro breu	19
Ela nunca sabe	29
Seu livro novo	39
Nas fotos dele	49
Seu livro raro	53
Sua Porta Três	59
Seu lugar aqui	65
Voo legal, cara	71
Uma coisa rara	79
Meu herói cego	83
Não prova nada	95
Sua folha três	99

Uma jovem cega	103
O que temos aqui?	111
Que doido lelé	117
Não sabia nada	127
Num hotel novo	131
354	141
Num quarto vazio	147
O poeta morto	155
Poe morou aqui	161
Bem atrás dali	171
Uma verde casa	175
Uma mente útil	183
Uma ideia ruim	191
Two dried mice — Dois ratos secos	197
Uma prova dura	205
Sua sorte toda	207
Foi outro erro	217
Tem ruído alto	225
Meu maior pulo	233
Ele achou amor	237
Nota do autor	253

Pra outra fase

Uma última vez repeti para mim mesma que não estava sequestrando meu irmão caçula.

Juro que eu não tinha nem *cogitado* essa possibilidade até estarmos no metrô e, quando chegamos ao aeroporto, já era tarde demais para voltar atrás e colocar o cartão de crédito de volta na bolsa da mamãe.

Também era tarde demais para *não* ter usado o cartão na compra de duas passagens para Nova York para nós dois, Benjamin e eu. E, sem sombra de dúvida, era tarde demais para *não* ter sacado quinhentos dólares do caixa eletrônico mais sofisticado do aeroporto.

Mas tudo isso *já* tinha acontecido, embora eu atribuísse pelo menos parte da culpa à mamãe, tanto por volta e meia recorrer à minha ajuda para fazer compras na internet quanto por ter me revelado a maioria das suas senhas.

Mesmo assim, por mais que houvesse um excelente motivo para eu ter cometido tantos crimes naquele dia, tudo se tornava insignificante diante da possibilidade de estar sequestrando meu irmão.

Benjamin, verdade seja dita, estava lidando com toda aquela situação da maneira típica de um menino de 7 anos de idade. Com sua mochila dos *Watchmen* nas costas, segurava minha mão com toda a paciência do mundo, esperando em silêncio que eu me situasse. Em vez de sair gritando que estava sendo raptado pela irmã mais velha, ele parecia bem mais preocupado com o fato de Stan precisar ou não de uma passagem.

Agarrei seu braço com firmeza. Estávamos em algum ponto da área de check-in do Terminal 3. No meio de toda aquela confusão e barulho, precisávamos encontrar o guichê certo. Pessoas circulavam apressadas por todos os lados, e eu já não sabia mais a direção pela qual tínhamos entrado.

— Stan não precisa de uma passagem — repeti pela centésima vez. E, antes que Benjamin pudesse emendar na segunda pergunta, acrescentei: — E não, ele também não precisa de passaporte.

— Mas nós precisamos — disse Benjamin.

Ele parecia um tanto apreensivo. Se Stan não embarcasse, certamente ficaria desconsolado.

— Sim — concordei. — Nós precisamos.

Então, por pura coincidência, ouvi alguém comentando sobre um voo para Nova York, o que fez com que eu começasse a entrar em pânico.

Respirei profundamente. É um menino incrível que eu amo demais, mas, como qualquer criança, ele tem lá seus momentos, e eu precisava muito da ajuda dele; caso contrário, não o teria *sequestrado*. Não que isso realmente tivesse acontecido. Não mesmo.

— Nós precisamos — expliquei — porque somos seres vivos, humanos, de verdade, e Stan, por mais fantástico que seja, não é nada disso.

Benjamin pensou por um momento.

— Ele é de verdade — disse.

— É, você tem razão — falei. — Me desculpe. Ele é de verdade. Mas também é um bicho de pelúcia. Não precisa de passaporte.

— Você tem certeza absoluta?

— Absoluta. Aliás, como ele está?

Benjamin teve uma conversa rápida com Stan. Deduzi que ele devia estar segurando o pássaro pela asa, como sempre, do mesmo jeito que eu segurava pela mão. Devíamos parecer muito bobos, nós três. Eu, o pequeno Benjamin e um corvo encardido.

— Está bem, mas com saudade de todo mundo.

"Todo mundo", no caso, se referia à coleção de bichos de pelúcia e super-heróis de plástico no quarto dele.

— Faz só uma hora que saímos de casa.

— Eu sei, mas Stan é assim mesmo. Ele também disse que está com saudade do papai.

Puxei meu irmão, para que começasse a andar.

— Escuta, Benjamin. Você precisa encontrar o guichê de check-in da Virgin Atlantic. Talvez Stan possa ajudar. Corvos não são famosos por terem uma visão excepcional?

Foi um tiro no escuro, mas funcionou.

— Virgin Atlantic... — Benjamin repetiu. — Por aqui. Achei! Stan, ganhei de você. Apesar da sua visão excepcional.

Benjamin seguiu em frente bem depressa, fazendo com que eu o puxasse pela mão, tentando fazê-lo se lembrar da nossa maneira de caminhar juntos. É algo que inventamos há alguns anos e ele adora fazer, mas acho que estava empolgado demais com a perspectiva de entrar logo no avião, então acabou se soltando de mim ao sair em disparada.

— Benjamin! — chamei, esperando que ele voltasse.

Deve ter sido apenas um segundo, no máximo dois, mas eu me desesperei para sair apressada atrás dele, então acabei tropeçando numa mala, ou algo assim, e me estatelei no chão.

Mesmo no meio de todo aquele tumulto do aeroporto, reparei no silêncio que tinha se instaurado à minha volta, e percebi que tinha feito o maior papelão. Caí com as pernas por cima da mala e os braços estirados à minha frente.

— Será que sou invisível, por acaso? — esbravejou um homem.

Meus óculos tinham pulado do meu rosto, e eu o ouvi bufar irritado.

— Por que não olha por onde anda? Meu laptop está aí dentro.

Eu me levantei e acabei chutando a mala dele mais uma vez.

— Pelo amor de Deus! — exclamou o homem.

— Mil desculpas — murmurei. — Desculpa mesmo.

Mantive a cabeça baixa enquanto o homem abria a mala, resmungando.

— Benjamin? — chamei, mas ele já estava de volta ao meu lado.

— Tá tudo bem, Laureth? — perguntou, depositando alguma coisa em minhas mãos. — Toma aqui seus óculos.

Coloquei-os de volta depressa.

— Sinto muito mesmo — falei na direção do homem, estendendo a mão para que Benjamin me apoiasse. — É melhor irmos andando.

Benjamin a segurou e dessa vez me conduziu direito, do nosso jeito secreto.

— Tem uma fila — avisou ele, parando. — É pequena.

Pra outra fase, falei para mim mesma. Era como papai chamaria. Eu teria que passar por aquela primeira pessoa; a funcionária no guichê de check-in.

— Chegou nossa vez — Benjamin sussurrou.

— Próximo, por favor!

Era a moça do guichê.

Apertei a mão de Benjamin e me inclinei para sussurrar de volta:

— Espere aqui.

— Por quê?

— Você sabe por quê — respondi, o que me rendeu a tarefa de caminhar alguns passos sozinha até o guichê.

Eu estava feliz por ser verão e estar calor do lado de fora, porque era menos esquisito usar óculos escuros quando está sol, mesmo em ambientes fechados, mas depois de ter caído por cima da mala de um cara mal-humorado, eu não queria chamar mais nenhuma atenção.

— Para onde você está indo? — perguntou a mulher, antes mesmo que eu me aproximasse.

Lembrei do Harry, meu colega da escola. Ele é incrível. Ele teria tentado fazer alguns ruídos para identificar onde ficava o guichê, mas talvez nem ele conseguiria fazer isso nesse momento; estava uma confusão ao redor. Além do mais, sempre há o risco de alguém achar que você está fingindo ser um golfinho. O que não é muito legal. Em vez disso, levantei a mão bem devagar, mas com firmeza, e fiquei muito satisfeita por ter calculado a distância quase exata. Quero dizer, dei uma canelada com toda a força em uma barra de proteção de metal, mas fiz o melhor que pude para não demonstrar, e coloquei os passaportes em cima do balcão.

— Sim... Nova York — confirmei. — JFK, 9h55.

A mulher pegou nossos documentos.

— Alguma bagagem para despachar?

— Hum... não — respondi. — Só bagagem de mão.

Eu virei para mostrar minha mochila e acenei na direção de Benjamin, rezando para que ele estivesse parado no mesmo lugar.

— Viagem rápida, certo? Vão passear bastante?

Contei a verdade. Pelo menos, o que eu gostaria que fosse a verdade:

— Vamos encontrar nosso pai.

A atendente hesitou por um momento.

— Quantos anos você tem, Srta. Peak?

— Dezesseis.

— E aquele é seu irmão, certo?

Disse que sim.

— E ele tem...?

— Ah, ele tem 7 anos. No site dizia que ele poderia viajar comigo se tivesse no mínimo 5 anos. E ele tem 7. E eu tenho 16, então, quero dizer, nós... nós achamos que...

— Ah, sim — respondeu a moça. — Não tem problema. Eu estava só verificando. Mas e o pássaro, tem passaporte?

— Eu avisei! — Benjamin gritou de algum lugar atrás de mim.

— Está tudo certo, querido — disse a mulher. — Estou só brincando. Ele não precisa de passaporte.

— Ele não precisa de passaporte — repeti. Então me senti uma idiota e calei a boca.

— Posso dar uma olhada no seu pássaro? — perguntou a mulher, por cima do meu ombro.

— Não posso sair daqui — esclareceu Benjamin.

— Por que ele não pode sair dali? — perguntou ela.

De repente, as coisas estavam começando a dar errado.

— Você sabe como é — desconversei com um sorrisinho. — Meninos. Quero dizer, ele não tem que ficar parado exatamente no mesmo lugar, mas... ah, meninos!

— Está tudo certo, Srta. Peak? — perguntou a mulher. Sua voz tinha ficado séria de repente.

— Ah. Sim. Sabe como é que é. Estou meio nervosa.

— O voo é só daqui a uma hora e meia. Vocês têm muito tempo ainda.

— Ah, não — esclareci, mais desesperada para sair dali do que nunca. — Eu digo, por causa do voo. E, como você pode perceber, estou com Benjamin.

Ela deu uma risada alta.

— Gêmeos — anunciou. — Meus garotos dão um trabalho danado e têm a mesma idade dele. E são dois, então agradeça sua sorte. Seja qual for o lugar que escolhemos passar férias, é como se declarássemos guerra ao pobre país.

Eu ri. Achei que estava aparentando nervosismo, mas ela não pareceu notar.

— Tenham uma boa viagem — desejou.

Colocou os passaportes de volta sobre o balcão.

— O embarque será às 8h55, provavelmente no portão 35. Para sua comodidade, é melhor ficar atenta a quaisquer mudanças.

Então restava apenas a pequena tarefa de pegar os passaportes de volta. Fiz um movimento suave na direção do guichê e, com alívio, os encontrei de imediato.

— Obrigada — agradeci. — Benjamin. Me dê a mão. Você sabe como se perde facilmente.

Benjamin se aproximou e fez como eu mandava.

— Eu não me perco! — protestou, e então, como estava indignado, se esqueceu de apertar minha mão para indicar em qual direção deveríamos seguir.

Congelei, embora eu estivesse ansiosa para afastá-lo dali antes que o plano começasse a desandar de verdade.

— Para que lado devemos ir? — perguntei a ela.

— O embarque é no andar de cima — explicou a moça. — As escadas rolantes ficam logo ali.

— Benjamin — chamei. — Benjamin? Vamos...?

Mas, bendito seja, a essa altura ele já estava me puxando para longe do guichê, na direção certa. Ele me ajuda muito, na maior parte do tempo.

Tínhamos passado pra outra fase.

— Vamos encontrar o papai agora? — indagou esperançoso, enquanto subíamos a escada rolante para a sala de embarque.

— Sim — assegurei confiante. — Vamos encontrar o papai agora.

Seu livro breu

Coisa: uma palavra que meu professor de inglês, o Sr. Woodell, costuma dizer que uso mais do que deveria. Mas, às vezes, não existe palavra melhor do que *coisa*.

Por exemplo, há algumas coisas que são fundamentais ter em mente ao sequestrar seu irmão mais novo, mesmo que não seja um sequestro de fato. A primeira coisa: é muito mais simples se ele não souber que está sendo sequestrado. A segunda coisa: fica muito mais fácil lidar com a culpa se você tiver um ótimo *motivo* para o estar sequestrando.

Tirei essas duas coisas de letra.

Com relação à primeira, Benjamin era perfeito. Maduro o bastante para colaborar, jovem o suficiente para não entender que sair de casa num sábado de manhã para voar até os Estados Unidos com sua irmã mais velha é simplesmente absurdo.

— Mamãe não vai com a gente? — havia perguntado Benjamin, quando expliquei o plano, assim que ele acordou.

— Mamãe vai para a casa da tia Sarah hoje, você não lembra?

Eram apenas sete da manhã, e num sábado! Mamãe já tinha saído, para evitar o trânsito na estrada até Manchester, e deixado instruções claras sobre a hora de Benjamin levantar, qual comida preparar para ele e tudo mais, como se eu não fizesse essas coisas sempre. Quando estou em casa nos fins de semana e feriados, Benjamin costuma ficar aos meus cuidados, pois os turnos de trabalho dela são imprevisíveis. Sendo assim, muitas vezes ela não está, e papai... bem, papai tem andado bem ausente nos últimos tempos. Junto às fadas, como mamãe diz.

ᘏᘏ

Em relação à segunda coisa, tudo tinha começado na noite anterior, quando chequei os e-mails do papai para ele. Papai me paga 20 libras por mês para ler os e-mails dos fãs e outras correspondências aleatórias que chegam pelo site. Eu tinha começado a fazer isso quando ele estava viajando, mas papai logo me pediu que eu assumisse a tarefa permanentemente, porque estava me saindo muito bem e ele ficava menos estressado se não tivesse que ler todas as mensagens.

Eu aviso se houver algo importante que ele precise saber. Do contrário, envio uma das respostas-padrão que ele salvou numa pasta na área de trabalho do computador, sempre à mão, porque noventa por cento dos e-mails cai em uma de três categorias.

Há uma resposta para "quero ser escritor e gostaria que você lesse um dos meus textos". Há outra para "li o seu livro e adorei. Por favor, escreva mais". E há mais uma para "tenho uma pergunta: de onde você tira suas ideias?".

É claro que as perguntas sempre são elaboradas de um jeito um pouco diferente, mas são praticamente as mesmas.

Da primeira vez que papai me contou das respostas prontas, fiquei um pouco chocada. Disse que era ingratidão da parte dele — afinal, se não fossem seus leitores, as pessoas que realmente compram seus livros, ele não teria um emprego. Ele ficou em silêncio por algum tempo e depois disse:

— Sim, Laureth. Você está certa. — Então suspirou. — Acredite, é muito importante para mim receber essas mensagens. Mas estou tão ocupado agora...

Eu ainda não estava convencida de que aquela era a forma correta de agir, mas a ideia de ganhar um dinheiro extra era demais para resistir; e eu tinha uma lista interminável de audiolivros que estava louca para comprar, então aceitei.

Ah, e tem uma quarta categoria de e-mails, que são mais ou menos assim: "Li seu livro e achei uma porcaria. Quero dizer, uma porcaria mesmo. Você é um péssimo escritor." Papai não gosta tanto desses.

Não temos uma resposta pronta para essa categoria, porque papai diz que não precisamos responder a pessoas que não são educadas. Fico irritada quando abro uma mensagem assim. Acho os livros do papai excelentes. Bem, a maioria. Ele se dedica tanto às histórias, é inacreditável como as pessoas têm facilidade para ser maldosas. Não acontece com tanta frequência assim, mas a primeira vez que li um e-mail desses tive vontade de mandar uma resposta totalmente grosseira; então papai me perguntou por que eu queria fazer isso. O que eu achava que iria conseguir com esse gesto? Ele riu, uma risada vazia, e me alertou para nunca me envolver com esse tipo de gente. Ele tem uma amiga, outra escritora, que uma vez respondeu com um monte de desaforos um e-mail falando mal de seu romance. Ela chamava o remetente de "macaco iletrado com cérebro de minhoca", só que não disse *minhoca*. Na semana seguinte, estava tudo na internet e a amiga do meu pai se meteu numa enrascada interminável por causa disso. Para começar, ela deixou de ser chamada para participar de festivais literários, por exemplo.

Enfim, lá estava eu checando os e-mails, copiando e colando as respostas prontas, acrescentando um toquezinho pessoal no final aqui e ali, quando achava que era uma mensagem particularmente interessante, porque sabia exatamente o que papai diria, e então deparei com uma diferente. Muito diferente.

Eu estava com o VoiceOver, o programa de leitura de tela, quase na velocidade máxima, por isso, quando ouvi o título no assunto do e-mail pela primeira vez, não entendi muito bem.

Tateei pelas configurações do Mac para diminuir a velocidade, e então cliquei na linha de assunto mais uma vez.

Seu livro breu.

Aquilo chamou minha atenção, porque livro breu é como papai chama seu caderno de anotações. Ele tem vários cadernos, todos de capa dura, todos iguais, e todos são chamados de Livro Breu. Ao que tudo indica, eles têm esse nome porque são brancos e parece que é pra ser engraçado, mas na verdade não entendo a piada.

Quando ouvi a mensagem, senti um calafrio.

Era de um tal Michael Walker, e ele dizia que tinha encontrado o caderno do papai, visto o endereço de e-mail na parte interna da capa e queria a recompensa que estava sendo oferecida.

A mensagem terminava assim:

Notei que o valor da recompensa é 50£, donde não é enganoso concluir que o senhor é britânico. Gostaria de interrogar qual seria o equivalente em dólar, caso eu lhe devolva o caderno.
Atenciosamente, Sr. Michael Walker.

O que me arrepiou foi a palavra *dólar*. Eu sabia que isso provavelmente significava Estados Unidos. O que era no mínimo estranho, porque papai devia estar na Europa. Na Suíça.

Alguma coisa estava errada. Tudo bem que papai não é exatamente a pessoa mais normal do mundo, mas essa era uma possibilidade improvável até mesmo para ele.

Fui falar com mamãe. Ela estava no quarto, fazendo a mala para visitar a casa da tia Sarah, acho.

— Mãe, algum lugar da Europa usa o dólar como moeda?

— Laureth, você tem 16 anos. Já pode fazer os trabalhos de geografia sem a minha ajuda.

— Mãe, estamos em plenas férias — retruquei. — Não é um dever de casa. Só quero saber quais países usam o dólar como moeda.

— Por que não faz uma pesquisa? Procura no Google. Você tem que ser mais independente.

Se fosse qualquer outro dia, isso teria sido suficiente para me enlouquecer. Se fosse qualquer outro dia, eu teria ficado uma fera porque, por um lado, mamãe não me deixa fazer nada sozinha e, por outro, está sempre declarando que eu preciso aprender a cuidar melhor de mim mesma, porque ninguém mais vai fazer isso por mim. O fato de ela pernoitar na tia Sarah sem nos levar junto parecia, por si só, quase um milagre, e mostrava claramente o humor em que ela estava.

— Deixa pra lá — desconversei.

Então, tentando parecer o mais casual possível, acrescentei:

— Vem cá, e papai, foi pra onde?

Ela suspirou.

— Áustria. Suíça. Um lugar desses.

— Quando você falou com ele pela última vez?

Eu mesma não tinha notícias dele há dias. O que era muito estranho. Ele costuma manter sempre algum contato, nem que seja por mensagens de texto.

— Laureth, não tenho tempo para isso agora.

Ela suspirou de novo. Eu esperei.

— Há cerca de uma semana. Talvez mais. Por quê?

— Porque ele recebeu um e-mail. Alguém encontrou o caderno dele. Nos Estados Unidos.

Mamãe não disse nada, mas parou de andar de um lado para o outro por um instante. Depois continuou a fazer a mala.

— Acho que pode ter acontecido alguma coisa com ele — declarei.

Ela não respondeu.

— Mãe, eu disse que...

— Eu ouvi. Sei lá, provavelmente é um trote, nada de mais.

— Mãe...

Então ela gritou comigo:

— Laureth! Deixa essa história pra lá, pode ser?

Depois disso, ela não me dirigiu mais a palavra. Voltei batendo os pés para o pequeno quarto que papai usa como escritório, e, depois de um tempo, comecei a achar que talvez ela tivesse razão. Talvez fosse a mensagem louca do mês. Todos os meses papai fazia um concurso secreto da mensagem mais maluca, e eu escolhia feliz a vencedora desde que havia começado a cuidar da caixa de mensagens.

Voltei a me sentar na frente do Mac.

Pensei na minha mãe, depois no meu pai. Pensei em como as coisas costumavam ser e em como eram agora. Nenhum desses pensamentos me deixou muito feliz, então coloquei os dedos no teclado outra vez.

Fui breve; não fazia sentido gastar minhas digitais com gente doida.

Como vou saber se você está mesmo com meu caderno?
Jack Peak.

Sempre assino como se fosse papai. Provavelmente é ilegal fingir ser outra pessoa, mas é mais fácil do que explicar que sou filha dele e estou respondendo em seu lugar. Além do mais, as pessoas não iriam gostar de saber disso; elas querem uma resposta do próprio autor.

Fiquei sentada ali, tentando pensar no que mais poderia fazer.

Peguei meu telefone, pensando se arrumaria alguma encrenca caso o usasse para ligar para papai. No exterior. Custa uma fortuna.

Nesse momento, soou o alerta de mensagem nova. Havia uma resposta do Sr. Walker, mas era basicamente o seguinte:

Veja por si mesmo.

O VoiceOver me informou que havia três imagens anexadas ao e-mail.

Soltei uns impropérios, depois fui buscar meu irmão. Eu o arrastei para o quarto e mandei que sentasse na cadeira do papai.

— Não chegue perto demais do computador — alertei.

Ele resmungou.

— Preciso que dê uma olhada numa coisa — expliquei. — Vieram algumas imagens neste e-mail. Me diga do que se trata.

Benjamin suspirou, mas obedeceu.

— São três fotos. Parecem dever de casa. Palavras num livro.

— Escritas à mão?

— Sim.

— Benjamin, você acha que podem ser páginas do caderno do papai?

— Sim. São exatamente isso.

— Como você pode ter certeza?

Ele suspirou de novo.

— Porque têm o nome dele. Está escrito "recompensa". E tem o endereço de e-mail dele. Também porque a letra é horrível. E porque...

— Tá bom — interrompi. — Ótimo. Obrigada.

ᴍᴜᴈ

Passei um bom tempo refletindo.

Então liguei do meu celular para o do papai.

Tocou, tocou, mas ninguém atendeu.

Fui falar com mamãe de novo e confessei que estava preocupada de verdade com ele. Falei que sabia que papai deveria estar na Suíça fazendo pesquisa para o novo livro, mas que o caderno dele tinha aparecido nos Estados Unidos, e ele não estava atendendo o telefone.

Percebi que as coisas iam mal quando mamãe nem me deu bronca por ter ligado para fora do país do meu celular.

— Laureth — começou ela, e sua voz estava dura e aguda com aquela voz fina e seca que costumava usar quando falava do papai ultimamente. — Neste momento, eu não dou a mínima pra onde seu pai possa estar. Entendeu?

Mas eu não estava disposta a me dar por vencida.

— Mãe — insisti. — Estou preocupada, com medo de que ele tenha desaparecido. Aconteceu alguma coisa. Se ele tivesse ido para os Estados Unidos, teria avisado pra gente.

Dessa vez ela não respondeu.

— Ele teria me avisado.

Em silêncio, comecei a me questionar. Teria mesmo? Teria me contado? Eu esperava que aquilo ainda pudesse ser verdade. Papai podia ser muitas coisas, mas ele estava sempre me mandando e-mails e mensagens de texto e, pensando bem, percebi que não tinha notícias dele há alguns dias. Talvez mais.

— Por favor, Laureth — me interrompeu mamãe. — Dá um tempo nessa... imaginação fértil.

Ela falou aquilo como se fosse uma coisa ruim.

— Mãe...

— Não, chega. Às vezes você é parecida demais com seu pai. A cabeça cheia de pó de pirlimpimpim. Você tem que ser mais responsável, precisa crescer e cuidar de si mesma. Ser razoável. Você está com *16 anos*.

Ignorei esse discurso inteiro. Mesmo querendo responder um milhão de coisas, me segurei. Reafirmei apenas:

— Mãe, ele desapareceu. Tenho certeza.

E ela se limitou a responder baixinho:

— E como poderemos saber se ele desapareceu mesmo, Laureth? Como perceberíamos a diferença?

Mais uma vez, pensei em um milhão de coisas para dizer — e às vezes *coisa* é a única palavra apropriada. Mas eu estava brava demais para dizer qualquer uma delas, então não falei nada.

Minha mente só pensava em duas coisas: preocupação e meu pai.

Foi então que decidi ir atrás dele.

Ela nunca sabe

Você precisa entender como funciona a cabeça da pessoa que você está procurando se pretende se aventurar numa busca. É o que eles costumam dizer nesses programas de TV sobre detetives. Eu achava que tinha uma boa ideia da linha de raciocínio do meu pai, mas estava claro que ainda precisava me aprofundar bastante. Quero dizer, sei que ele é meio estranho, mas desaparecer? Isso não faz o estilo dele. Ele simplesmente não é assim. Parecia mais uma trama — no entanto, a realidade e a ficção, como ele sempre dizia, são coisas difíceis de separar. Nunca dá pra ter certeza de verdade.

Sendo um escritor, é natural que pense desse jeito, e ele diz que, quanto mais tempo alguém se dedica a fazer com que coisas inventadas pareçam reais, mais difícil se torna fazer essa distinção.

Ele diz que muitos autores afirmaram a mesma coisa ao longo dos anos, e é por isso que nunca se deve confiar na autobiografia de um escritor; eles são bons demais em imaginar coisas, e, para ser mais preciso, são muito bons em acreditar que o que inventaram é *mesmo* verdade.

É quando ele começa a falar essas coisas que a mamãe fica em silêncio, e então ele acrescenta outras ainda mais estranhas, e em geral toma mais uma ou duas taças de vinho.

ᠣᠥᠬ

Estava pensando em tudo isso quando respondi ao Sr. Walker. Eu me perguntava como questionar se poderia confiar nele sem dizer isso com todas as letras. Mas antes perguntei em qual parte dos Estados Unidos ele estava. A resposta veio imediatamente.

Woodside. Fica no Queens, caso o senhor não esteja familiarizado com a região. O Queens fica em Nova York, caso o senhor tampouco esteja familiarizado com esse fato.

Decidi perguntar onde ele tinha encontrado o caderno.

O Sr. Walker não respondeu por alguns minutos, e eu me peguei navegando em alguns sites de companhias aéreas. Estava com uma história que tinha escutado no noticiário na semana anterior na cabeça. Um menino de Manchester, de 9 anos, tinha fugido de casa. Chegou até Turim antes de ser detido. Ele não tinha passaporte nem passagem. Simplesmente havia ficado próximo de uma família bem grande e, de algum jeito, conseguiu passar por cinco postos de controle diferentes. Só no avião, quando ele contou pra alguém que estava fugindo, a tripulação entrou em contato com a base em Turim. Quem sabe aonde ele poderia ter chegado se não tivesse aberto o bico?

Eu não fazia ideia se poderia viajar de avião sozinha. Achei que acabaria sendo impossível, mas estava enganada. Com 16 anos, eu era absolutamente livre para viajar, sem necessidade de me registrar como menor desacompanhada. Tudo de que precisava era uma carta dos meus pais informando que eu estava viajando sozinha. Cinco minutos no editor de texto Pages resolveria essa parte.

Fiz uma pausa obrigatória. Não havia a menor chance desse plano dar certo. Detestava ter que admitir isso, mas era verdade. Uma coisa era conseguir chegar sozinha à escola. É bem diferente. Sei onde tudo está. Conheço todo mundo. As pessoas me conhecem.

Mas isso não é o mundo real.

Enquanto esperava uma resposta do Sr. Walker, li a seção sobre "passageiros menores de idade". Tinha colocado os fones de ouvido porque não queria que minha mãe viesse pelo corredor e ouvisse o que eu estava lendo, mesmo que as chances fossem remotas. Ela nunca entra no escritório do papai, a menos que seja para me obrigar a sair do computador. Diz que passo tempo demais nele. E provavelmente tem razão.

Quase não acreditei, mas descobri que Benjamin também podia viajar, desde que estivesse acompanhado de alguém com mais de 15 anos.

Então meu coração começou a saltar no peito, porque havia um último obstáculo possível. Mas, embora eu lesse, relesse e pesquisasse a fundo de todas as formas possíveis por *incapazes*, *deficientes* e *acessibilidade* etc. etc., em busca de alguma coisa que dissesse que eu não estava autorizada a viajar sozinha, não havia nada. Nada dizendo que eu não podia, porém nada dizendo que eu podia, também.

Parecia o que se chama de área cinzenta, então naquele exato momento, decidi pegar Benjamin e me lançar direto nessa mistura curiosa oposta ao que costumam descrever como o tal de "preto no branco".

ന്ൂ

Eu queria recuperar o caderno do papai. Sabia que ele ficaria desesperado se o perdesse. Uma vez, ele perdeu o caderno por dez minutos e foi como se o Apocalipse tivesse acontecido. Isso porque o caderno vale *ouro*, ou pelo menos é o que ele diz.

Tive uma nova ideia, ouvi o papai comentar com a sua editora, Sophie, mais de uma vez.

É boa?, ela perguntava. *Vale alguma coisa?*

É ouro em pó. Ouro em pó e diamantes.

Embora eles brincassem falando desse jeito, era um assunto sério para o meu pai. Ele diz que não dá pra se lembrar das ideias depois que elas passam — temos que anotá-las na hora. E, quando você escreve, isso ajuda a verificar se elas são realmente boas ou não. Eu não gostava nem de imaginar como meu pai se sentiria se perdesse aquele caderno.

Então, para ele não ficar chateado, eu queria pegar o caderno de volta, e no entanto, mais do que isso, eu queria encontrá-lo. E, se por um lado a mamãe não estava nem aí para o fato de ele estar desaparecido ou não, eu me importava. Ela tinha dito para eu crescer, ser mais responsável. E era exatamente isso que eu ia fazer; assumir a responsabilidade de encontrar meu pai, quando ela não tinha sequer me dado ouvidos.

O Sr. Walker enviou outra resposta explicando que simplesmente tinha encontrado o caderno; só isso.

Trocamos mais alguns e-mails. Fiz umas contas, olhei uns voos. Depois combinei um encontro com ele às duas horas da tarde seguinte, no local de sua preferência.

Muito bem. Sugiro que nos encontremos na Biblioteca do Queens.
Rua 21, Long Island City.
De onde o senhor vem?
Como irei reconhecê-lo?

Ignorei a primeira pergunta e apenas esclareci que seria muito fácil nos reconhecer. Eu usaria óculos escuros, estaria acompanhada de um menino de 7 anos, e ele de um grande corvo de pelúcia.

ᘉᘓᘈᒣ

Mamãe foi para cama cedo, e então eu me esgueirei para o andar de baixo e peguei um de seus seis — sim, *seis* — cartões de crédito da sua bolsa, no lugar de sempre, em cima da geladeira.

Na verdade, eu não precisava do cartão para comprar as passagens. Como eu disse, sei todos os dígitos de cor. Tudo isso faz parte do plano dela de me fazer caminhar com minhas próprias pernas, como ela diz. Por isso eu não sei apenas as senhas de cada um de seus cartões do banco, como também o número, a data de validade, o código de segurança, tudo. Então eu não precisava do cartão em si para realizar uma compra on-line, mas sabia que precisaria sacar algum dinheiro quando chegasse ao aeroporto. Por sorte, mamãe sempre guardava cada um no mesmo compartimento de sempre em sua carteira, porque ela é organizada assim, então selecionei o que achava que ela usa menos.

Corri de volta lá para cima e enfiei o escolhido na capinha do meu celular.

Depois me esgueirei para o escritório e comprei duas passagens só de ida para o aeroporto JFK. Elas custam uma fortuna e, quando cheguei na página para fechar a compra, meu estômago deu uma embrulhada, mas logo lembrei do que mamãe tinha dito na noite anterior e cliquei no botão de confirmar com tanta força que quase quebrei o teclado.

Logo antes de dormir, liguei outra vez para papai. Eram onze da noite, o que significava que eram seis da tarde em Nova York. Ele deveria estar acordado. Deveria ter atendido. Deveria ter pegado o telefone e dito "Laureth!", com sua risada de costume, mas não fez nada disso. O telefone apenas chamou, chamou, e então caiu na caixa postal.

Deixei um recado: *Oi, pai. Sou eu. Por favor, pai, me ligue assim que ouvir isto. Te amo.*

Depois mandei uma mensagem de texto. Escrevi exatamente a mesma coisa que tinha dito no recado.

mᘦᘰ

Meu único medo era que minha mãe desse falta do cartão de manhã. Fiquei deitada na cama, ouvindo, nervosa, enquanto ela se arrumava.

Então ela bateu na minha porta e entrou para se despedir.

Fingi que estava dormindo.

— Laureth? — sussurrou ela.

— Mãe? — respondi, me virando, tentando fazer parecer que tinha acabado de acordar. — Que horas são?

— Estou saindo agora...

— Tudo bem, mãe.

Esperei que ela fechasse a porta, mas logo me dei conta de que ela estava sentada na beirada da cama.

— Olha, Laureth. Desculpe-me por ontem à noite. Eu não queria ter brigado com você.

Pude sentir sua mão apoiando no meu ombro.

— Não tem problema, mãe.

— É, na verdade... não está tudo bem. Mas a culpa não é sua.

— O que não é minha culpa?

Ela não respondeu, mas eu sabia que estava pensando no papai. Ela recolheu a mão.

— Você está chateada? — perguntou ela.

— Com o quê?

— Por não ir para Manchester?

— Ah, não — falei. — Tudo bem.

Era verdade. Minha mãe tinha explicado que a festa da tia Sarah era para adultos, por isso Benjamin e eu não podíamos ir. Em qualquer outro momento isso me incomodaria, mas, para ser honesta, estava feliz por não ter que ir e fingir me dar bem com meus primos. Eles não gostam de mim e também implicam com Benjamin.

— Então o que foi? — Mamãe quis saber.

— Eu já falei.

— O quê, querida?

— Estou preocupada com papai. Acho mesmo que aconteceu alguma coisa com ele. Senão por que o caderno estaria nos Estados Unidos se ele está na Europa?

— Laureth...

— Não, mãe, é sério. Você não acha que a gente devia fazer alguma coisa?

Achei que ela fosse amolecer. Que iria segurar minha mão e dizer que também estava preocupada, que ligaríamos para a polícia ou algo assim, eles encontrariam meu pai e tudo ficaria bem. Então eu não precisaria levar meu plano adiante.

— Laureth — respondeu ela. — Acho que é o seu pai que precisa fazer alguma coisa, não nós. Não eu.

— Mas...

— Até amanhã à noite, Laureth. Faça seu irmão comer direito.

Ela saiu do quarto e fechou a porta. Eu ouvi quando ela entrou no quarto do Benjamin. Ela não disse nada, mas eu sabia que estava dando um beijo no cabelo bagunçado dele, algo que ele detestaria se estivesse acordado. A porta se fechou de novo e então ela foi embora, para a festa da tia Sarah em Manchester.

Esperei dois minutos, me troquei e comecei a fazer as malas. Nossos passaportes estavam no lugar onde mamãe costuma guardá-los — como falei, ela é muito organizada, o que torna minha vida muito mais fácil. Quando papai está por aqui, fica mais difícil, porque o controle remoto da TV, o telefone ou qualquer outra coisa nunca estão onde a gente tinha deixado.

Cheguei o celular. Não havia mensagens. Nenhuma chamada não atendida.

Então acordei Benjamin. Ele ficou mal-humorado.

— Mamãe disse que não preciso acordar cedo hoje. Disse que não íamos sair pra nadar.

— Não vamos — confirmei e, enquanto preparava a mochila dele, expliquei que iríamos a Nova York encontrar papai. — Vamos! Temos que nos apressar.

Eu sabia que deveríamos fazer o *check-in* muito antes da hora do voo, e, embora o aeroporto Heathrow ficasse a apenas 12 paradas do metrô da nossa casa, não tínhamos tempo a perder.

Benjamin começou a resmungar um pouco, mas eu o distraí dizendo que ele precisava separar algumas revistas em quadrinhos para ler no caminho, porque era uma viagem longa. Ele adora quadrinhos mais do que qualquer outra coisa, com exceção talvez de Stan, por isso a simples menção deles era suficiente para fazê-lo colaborar.

— Rápido! — apressei, empurrando-o na direção da cozinha para ele comer um pouco de cereal. — Você não quer encontrar papai?

— Quero! — exclamou Benjamin. — Onde ele está?

— Em Nova York. Eu já disse. Vamos encontrar com ele hoje, mais tarde.

Eu mesma quase não acreditava. Ver papai. Em Nova York. Parecia que eu estava inventando, apenas para convencer a mim mesma de que estava fazendo alguma coisa, que podia fazer alguma coisa a respeito daquele sumiço, embora na verdade fosse impossível. Mas acontece que nunca se sabe o que é ou não verdade, o que pode ou não ser impossível, até que se faça uma tentativa.

Seu livro novo

— Vai ser preciso tirar o sapato?... Você tinha que ver a cara dela, Bernard! Aí eu disse nem pensar, não numa sexta-feira, mas ela não quis me ouvir. Ah não, ela deveria prestar atenção, porque estaria fechado até segunda. E... O quê? Os casacos também?... Mas então, ela disse... Por que você tem que tirar o laptop? Como assim? Estamos no Terceiro Reich?... Aí ela fez toda a viagem de carro até... Ah, droga, deixei líquidos na bolsa. O quê? É, líquidos, Bernard, líquidos!

Eu estava ouvindo a mulher na minha frente na fila do controle de segurança.

De vez em quando, Bernard, que deduzi ser o marido dela, conseguia murmurar uma resposta rápida, mas falava baixo demais para que eu pudesse escutar. E, embora fosse bem irritante, sua constante tagarelice sobre tudo o que precisava ser feito facilitou bastante as coisas para mim.

— O quê? Os cartões de embarque? Achei que fossem *passaportes*. Não são os passaportes?

Segurei a mão de Benjamin com mais força do que antes. Achei que isso o faria se sentir mais seguro.

— Que legal! — disse ele. — Vamos mesmo para os Estados Unidos?

— Shhh — sussurrei. — Claro que vamos.

— Estou com fome.

— Você já tomou café.

— Isso foi há séculos.

— Senhorita?

Era a voz de outra pessoa. A mulher na minha frente tinha sumido.

— Vamos lá, minha querida — resmungou alguém atrás de mim, e reparei que as pessoas estavam olhando para as minhas costas.

Estendo nossos passaportes, com os cartões de embarque dentro deles. Benjamin deu uma leve cutucada na minha mão, o que significava "mais para a frente", então arrastei um pouco os pés e ouvi um homem bufar.

— Apenas os cartões de embarque.

Soltei a mão de Benjamin, tirei os cartões de dentro dos passaportes e os estendi.

— Tentando bancar a engraçadinha, é?

— Não, eu...

Entendi o que ele quis dizer. Estendi ainda mais o braço e senti os cartões serem puxados da minha mão.

Houve silêncio. Apenas os ruídos do aeroporto à nossa volta; chamadas, pessoas falando, máquinas zumbindo e alarmes apitando em algum lugar à nossa frente.

— Tire os óculos, por favor — ordenou o homem.

Foi aquele *por favor* que as pessoas falam quando gostariam de dizer exatamente o contrário.

Eu não queria, mas obedeci.

Então ele mandou que eu olhasse para a câmera.

Entrei em pânico.

— Benjamin...

— Olha aqui, não temos o dia to...

Percebi que a voz do homem tinha mudado de direção e silenciado assim que ele olhou pra mim.

— Qual é o seu problema?

— Ela não tem problema nenhum — retrucou Benjamin, com raiva.

— Shhh, Benjamin — acalmei-o, muito feliz que tivesse me defendido, mas também me encolhendo de medo de que ele piorasse as coisas.

Tentei afastá-lo do homem e do equipamento de segurança. A última coisa que eu queria agora era que o Efeito Benjamin entrasse em ação.

Mesmo assim, o homem o ignorou.

— Qual o problema com seus olhos? — indagou. — Simplesmente olhe para a câmera, está bem?

Não olhei. Não tinha como conseguir.

— O que há de errado com você?

Chega. Foi a gota d'água. As lágrimas começaram a brotar e eu disparei:

— Não tem nada de *errado* comigo!

Nesse momento, escutei outra voz. De um passageiro atrás de mim. Seu timbre era velho, profundo e seco, e senti que o homem estava se aproximando.

— Ora, você não percebe que a jovem é deficiente visual?

— Ela é o quê? — perguntou o segurança.

— Eu sou *cega* — esclareci. — Cega. E não sei onde está a porcaria da câmera. Ok?

O segurança ficou em silêncio por um bom tempo, enquanto um burburinho surgia atrás de mim. Minhas bochechas começaram a pegar fogo, e procurei a mão do Benjamin.

— Bem, e quanto a ele? — perguntou o segurança.

— Ele pode olhar para a câmera, para a sua felicidade.

— Vocês têm *autorização* para viajar?

Então o tal senhor gentil ao meu lado se irritou. Quero dizer, ele se irritou a meu favor, passando um sermão daqueles no segurança sobre discriminação, direitos, atendimento ao cliente e não sei mais o quê.

O segurança então pareceu entrar em pânico, e quis se livrar de nós o mais rápido possível.

— Você poderia repetir esse discurso pra todo mundo pro resto da minha vida, por favor? — sugeri agradecida ao meu defensor.

De repente, tínhamos conseguido passar por mais uma etapa, graças à gentileza daquele desconhecido, e, em seguida, passamos pela máquina de raios X, onde havia outro grupo de seguranças, apenas um pouco mais intimidadores que o primeiro. Ele então explicou que tínhamos que tirar líquidos e objetos de metal das mochilas, e até nos esperou do outro lado até que tivéssemos terminado.

— Posso ajudar em mais alguma coisa? — perguntou prestativo.

Eu me virei na direção de sua voz. Sei que as pessoas não sabem como agir se não finjo olhar para elas enquanto conversamos.

— Eu estava falando sério. Nem sempre as pessoas são tão gentis quanto você...

Parei. Dava pra saber que ele não precisava de elogios. Ele já tinha feito sua boa ação do dia, e sua ajuda foi muito melhor do que estou acostumada a receber nesse tipo de situação.

Passamos pra outra fase, pensei. Superamos os seguranças. Estendi a mão para Benjamin.

— Podemos tomar café da manhã agora? — perguntou ele.

O homem riu e se despediu.

— Segundo café da manhã, você quer dizer — corrigi.

— Segundo café da manhã. Podemos?

$$\sim$$

Encontramos um lugar para comer, e foi até bem fácil. Benjamin começou a ler o cardápio, para mim, mas costumo fazer o mesmo pedido de sempre no Café Rouge.

Benjamin certificou-se de que Stan também comesse um pouco.

— A viagem pros Estados Umidos demora bastante, né?

— Estados Unidos — corrigi. — Demora, sim. Você se lembra?

— Não. Eu era pequeno.

— E ainda é.

— Para de ser chata — reclamou, e eu me desculpei.

— Faz só dois anos — explico. — Nem isso.

Eu me lembrava da viagem. Nova York, dois anos antes. O aniversário de 40 anos do papai. Fomos nós quatro.

— Por que papai está nos Estados Umidos... Unidos? — perguntou Benjamin.

— Ele está trabalhando num livro — expliquei. — Eu acho.

— Que livro?

— *Aquele* livro.

— Ah, sim. Aquele livro.

ᘻ

Talvez esteja na hora de mencionar *aquele* livro.

Papai vem se dedicando *àquele* livro há muito tempo. Muito, muito tempo.

Foi por isso que aprendi coisas tão inusitadas quanto o significado de "numinoso" aos 12 anos, "apofenia" aos 13, e mais um monte de outras coisas sobre uns caras com nomes estranhos, como Jung e Pauli. Tudo isso enquanto ele nos levava e buscava do colégio.

Quando minha mãe me busca, o que não acontece com muita frequência, conversamos sobre as aulas, provas e lanches. Coisas assim. Ela adora falar sobre isso, mas, se tento puxar algum assunto sobre meus amigos – por exemplo, sobre como a visão do Robert está piorando –, ela muda de assunto. Normalmente começa a falar de roupas. Fico um pouco irritada, pois sei o motivo disso. É porque ela enfatizava bastante essas coisas quando eu era pequena, me ensinando como me vestir e fazendo questão que eu estivesse sempre de banho tomado e com o cabelo penteado, para que minha aparência estivesse sempre impecável. Curiosamente, consigo realizar todas essas tarefas sozinha agora, mas ela ainda parece achar que eu sou uma criança de 8 anos, sempre deixando cair comida na minha blusa. Acho que ela fica preocupada porque se importa comigo e, além disso, foi ela que me ensinou que calças jeans são ótimas porque combinam com tudo, o que é uma informação bem útil.

Então, quando ando de carro com minha mãe, papeamos sobre roupas, seriados e outras futilidades do gênero e, ao chegarmos em casa, sinto que estou de bem com a vida outra vez.

Com papai é diferente. É quase como se ele não estivesse nem um pouco interessado em mim, e talvez isso pudesse parecer irritante, mas não, eu gosto de simplesmente escutar o que ele tem a dizer e responder, e ele fala comigo como se eu fosse muito mais inteligente do que realmente sou, o que tem o efeito mágico de fazer com que eu me sinta mais inteligente do que sou.

Quando era pequena, eu adorava sentar no banco do carona enquanto ele dirigia. Dava pra senti-lo perto de mim, seu cheiro misturado com um antigo casaco de lã que ele usava. E desde essa época, toda vez que vai me buscar, papai me fala sobre as coisas que anda escrevendo, as ideias que está planejando usar e coisas interessantes que leu.

Antigamente, eu sabia que ele lançava um livro por ano e fazia muito sucesso. Papai escrevia histórias engraçadas, e eu sabia que as vendas eram um sucesso porque ele comentava comigo, e porque passávamos nossas férias em lugares muito legais. Minha mãe adora o trabalho dela, mas enfermeiras não são muito bem remuneradas, o que não dá pra entender. Parece ser uma profissão complicada, então acho que ela deveria ganhar mais do que o salário atual, mas, quando eu disse isso para ela, ela me chamou de ingênua.

Se as vendas dos livros do papai vão mal, vamos ou para a casa da vovó na Cúmbria, que eu também adoro, ou para a casa da tia Sarah, o que não adoro tanto, por causa dos meus primos.

Então, depois de alguns anos, papai escreveu um livro bem diferente. O título era *Uma porta bate*, e era diferente porque era mais sério, pelo que ele me disse. O próximo também foi sério. Sei que não venderam bem porque ele não comentou nada.

Mamãe dizia que ele deveria voltar a escrever os livros engraçados, mas papai respondia que não queria. Insistia que ele mesmo não se considerava mais uma pessoa divertida, e agora queria se dedicar a livros mais sérios. Ela declarava que eles não eram *sérios*, e sim *deprimentes*, e então começavam brigas terríveis, uma lembrança que ainda me magoa, por isso tento não pensar nesses momentos.

A partir dessa época, papai começou a viajar mais, mesmo que não tivéssemos tanto dinheiro quanto antes. Ele saía à procura de temas sobre os quais escrever, coisas que pudessem dar uma boa história. Ele e mamãe pararam de discutir sobre suas histórias; ou, se continuaram, nunca mais eu ouvi.

Essa coisa dos livros antigos parece incomodar papai ainda. Sempre que alguém o reconhece, repete o mesmo discurso.

— Ah, sim, claro — começam. Então hesitam por alguns segundos. — Eu gostava dos seus primeiros livros. Aqueles engraçados. Eram ótimos.

É um milagre que ele não tenha esfolado ninguém. Ainda.

Então, papai teve uma ideia para uma nova história, que, segundo ele, não seria nem engraçada nem séria. Não entendi o que ele quis dizer com isso.

— Sobre o que é? — perguntei.

Estávamos no carro, voltando da escola. O semestre havia terminado, e ele foi me pegar para o recesso de Natal.

Papai sempre repete a mesma rotina quando vai me buscar. Vai até meu quarto, onde fico esperando por ele. Normalmente sou a última a ir embora, porque ele está sempre atrasado, então estou sempre preocupada que tenha acontecido alguma coisa, e aí ouço os passos do lado de fora e sei que ele chegou.

— Devemos ir? — convida ele.

E eu sempre respondo a mesma coisa:

— Por que não?

Então caímos na risada enquanto ele carrega minha mala e segura minha mão, e entramos no carro para a viagem até nossa casa.

E nessa vez, em particular, ele me contou sobre sua nova ideia.

— Bem — esclareceu —, é sobre coincidência.

O Sr. Walker tinha enviado três fotos das páginas, então encaminhei para o meu e-mail pessoal e as salvei no meu telefone. Uma delas mostrava a parte de dentro da capa, a parte que falava da recompensa e tudo mais. As outras eram páginas de anotações que papai tinha feito sobre coincidências, e, enquanto tomávamos o segundo café da manhã, pedi que Benjamin lesse para mim.

NAS FOTOS DELE

Saber da maneira mais difícil, como Jane sempre diz... Ou melhor, acho que é aprender.

Porque, depois que você aprende da maneira mais difícil, nunca mais esquece.

Neste caso, vou me lembrar disso até morrer. Meu cérebro está começando a derreter.

Então, uma recapitulação rápida:

Coincidência: uma coincidência é quando duas ou mais coisas ocorrem juntas mesmo que, aparentemente, não haja MOTIVO para que isso aconteça.

Elas são muito mal compreendidas. Então...

Talvez haja algumas seções explicando PROBABILIDADES?

Algumas coincidências que parecem notáveis SÓ O SÃO porque a maioria das pessoas não entende muito de MATEMÁTICA.

* * *

Vejamos, por exemplo, a questão do aniversário.

LEMBRAR O ANIVERSÁRIO DE BENJAMIN

Você está numa festa e conhece alguém que faz aniversário no mesmo dia que você. Que coincidência incrível, comentam um com o outro. Dão risada do acaso. Você chama sua esposa: Ei, você não vai acreditar! Esse cara faz aniversário no mesmo dia que eu! Legal, né?

Durante todo o caminho de volta para casa você tem aquela sensação boa, típica de quando acontece alguma coincidência.

BUSCAR LAURETH NA SEXTA :)

Mas será que você deveria ficar tão impressionado mesmo?

Se fosse fazer os cálculos, chegaria à conclusão de que são necessárias 23 pessoas numa sala para que haja mais de 50% de chances de que duas delas façam aniversário no mesmo dia.

Considerando que uma festa com menos de 23 pessoas seria um tanto sem graça, esse tipo de coisa deve acontecer o tempo todo.

Numa turma de 30 alunos, você ficaria surpreso se o professor pedisse que todos dissessem o dia do aniversário e dois alunos dessem a mesma resposta. Mas, de acordo com a matemática, num universo de 30 alunos, há 70% de chance de isso acontecer. Com 57 pessoas numa sala, as chances de uma coincidência são de 99%.

Não é tão incrível assim, no fim das contas.

É tudo uma questão de probabilidade.

Tem até um nome para isso; Lei de Littlewood, em homenagem a um professor de Cambridge. O professor Littlewood definiu milagre como algo cuja chance de acontecer seria de uma em um milhão. Em seguida, concluiu que, dado o enorme número de experiências pelas quais as pessoas passam todos os dias, pode-se esperar ver algo milagroso acontecer a cada 35 dias, mais ou menos.

O que significa que algo que parece uma coincidência milagrosa na verdade é bem comum.

Seu livro raro

Como entender o que papai queria dizer: ele estava tentando explicar que talvez nem todas as coincidências sejam incríveis. Que é necessária apenas uma pequena compreensão de probabilidade para perceber que, às vezes, é só uma questão matemática, e não que algo anormal esteja acontecendo.

Benjamin voltou a alimentar Stan, e eu pensei em quando papai me explicou pela primeira vez essa história dos aniversários. Fazia séculos, eu provavelmente ainda estava lutando para superar o ensino fundamental e não era ótima em nenhuma matéria, muito menos em matemática, que era difícil demais para uma criança de 11 anos.

Mas dessa vez eu entendi.

Tentei fazer Benjamin ler de novo para mim, mas ele resmungou e disse que era muito difícil, então deixei para lá; Ele lê bem para sua idade, mas eu tinha que ficar dando zoom em várias partes da foto que o Sr. Walker tinha mandado, pois não ousaria permitir que Benjamin encostasse no meu telefone. Se alguma coisa acontecesse com ele, nós estaríamos fritos. Então eu mesma apertava e dava zoom onde Benjamin ia me indicando, mas era um processo demorado e frustrante até conseguir que desse certo. Além disso, Benjamin comentou que as fotos estavam um pouco fora de foco. E também havia umas palavras bem complicadas, mas esse é papai; ele parece gostar de usar palavras complexas, quando outras mais simples dariam conta do recado perfeitamente.

Embora Benjamin tenha tido certa dificuldade com "probabilidade", ele conhecia "coincidência", pois papai vinha repetindo isso por, mais ou menos, a vida inteira do meu irmão. Mas Benjamin ainda prefere dizer "conxidença", porque ele achava difícil pronunciar quando era mais novo e esse jeito meio que pegou.

As coincidências viraram a *mania* do papai. Então, quando falávamos sobre *aquele* livro, não precisávamos esclarecer mais nada.

Aquele livro que não seria escrito. *Aquele* livro que parecia ter impedido papai de escrever qualquer outra coisa. *Aquele* livro que significava que mamãe preferia ir à festa da tia Sarah em Manchester a se preocupar com a possibilidade de o marido haver desaparecido.

Para ser sincera, mamãe tinha um bom argumento. Papai não era mais o mesmo, até ele mesmo admitia, e ela não era a única que gostaria que ele tivesse desistido *daquele* livro e escrevesse outra coisa. De preferência, algo divertido.

Eu me lembro de quando ele anunciou, durante o jantar, que tinha feito uma descoberta interessante. Como fazia algum tempo que estava trabalhando *naquele* livro, estávamos esperando uma revelação espetacular. Um anúncio revolucionário, mas o que ouvimos foi: o motivo pelo qual ele estava tendo tanta dificuldade de escrever sobre coincidência era que se tratava de um assunto muito complexo.

Ele parou e esperou. Mamãe quebrou o silêncio:

— Só isso?

— É bastante coisa — retrucou papai, já na defensiva. Ele falou rápido e um pouco mais alto do que o normal:

— Veja bem. É simples assim. Há dois motivos pelos quais é impossível escrever sobre coincidência. O primeiro: pense em quando uma coincidência acontece. Parece quase inacreditável, não é? Você sente aquele arrepio na nuca e se pergunta: o que isso significa? Essa é a questão, não é mesmo? É como se o que acabou de acontecer tivesse que ter algum significado. E parece fantástico, então você vira para a pessoa mais próxima pra contar a ela, e ela responde num tom muito positivo, com aquela típica expressão nos olhos: "Sim. É fantástico!" E então muda de assunto o mais rápido possível.

— Que expressão? — perguntei. — Que expressão nos olhos?

— Ah, pois é, fica difícil de explicar — respondeu papai. — A pessoa meio que olha por cima do seu ombro, não para o seu rosto, e dá pra ver o que ela está pensando.

— Você pode ver o que ela está pensando?

— Não literalmente, Laureth — interrompeu mamãe. — Ele só quer dizer que dá para perceber que ela não está impressionada. Não há reação alguma no rosto dela.

— Exatamente, Jane — concordou papai. Ele parecia mais calmo. — Fica apenas isso. Não há reação. Não tem nenhum significado pra ela, porque não aconteceu com ela. E normalmente soa como se fosse uma besteira qualquer. Quero dizer, vamos supor que você esteja a caminho de casa, pensando em salmão.

— Salmão?

— Salmão, no Manchester United, viagens à Lua. Equações de segundo grau. Qualquer coisa, mas digamos que você está pensando em salmão. Então, justo quando você está pensando nisso, passa por um *outdoor* gigantesco com uma imagem da Escócia e um salmão pulando de um rio.

— Realmente — comenta mamãe. — É mesmo incrível.

— Eu sei que não é — irritou-se papai. — É nesse ponto que quero chegar. Se acontece com você, parece legal, mas tente contar pra outra pessoa, e...

— Elas não ficam impressionadas — completei. — Por que isso faz com que seja difícil escrever sobre o assunto?

— Como eu disse, há dois motivos. Primeiro, porque é impossível fazer qualquer outra pessoa se sentir da mesma forma que você quando esse tipo de coisa acontece. Pode não parecer impressionante para mais ninguém na vida real. Com certeza, então, não vai ser impressionante nas páginas de um livro. Nada de arrepio na nuca.

Ninguém abriu a boca. Eu estava refletindo sobre o que o papai tinha acabado de falar, e Benjamin estava comendo e conversando baixinho com Stan.

— Então esse é o primeiro motivo — continuou ele. — E aí, o que você faz? Para fazer o leitor achar que sua coincidência é legal, você dá uma exagerada. Transforma a história numa invenção absurda. Enorme, extravagante, e muito improvável de ter acontecido. Você avista um salmão, enquanto pensava em salmão, sentado ao lado de um homem chamado Salmon que trabalha para a Alaskan Salmon Foundation, e está usando uma calça salmão. O que isso provoca em você?

— Não sei — concluí.

— Quem se importa? — perguntou minha mãe.

Acho que ela estava tentando ser engraçada. Papai não levou na esportiva.

— Eu me importo, droga! — gritou. — Isso provoca uma reação oposta à que você esperava. Você está tentando impressionar o leitor, e acontece o contrário. Por quê? Porque todo mundo sabe que péssimos escritores usam coincidências absurdas para solucionar impasses da história.

— Ah — concluí.

— Sim — prosseguiu papai. — Ah. Coincidências simplesmente não funcionam na ficção. E, mesmo na vida real, elas tendem a se dividir em dois tipos. As que são tão patéticas, que não interessam a ninguém além de você, e as que são tão inacreditáveis, que não passam disso: inacreditáveis. Até para os membros da sua família.

— Ai, meu Deus! — Mamãe suspirou. — Lá vamos nós.

Percebi que papai estava olhando para ela ao dizer aquela última parte, e sabia por quê.

Ele começou a querer escrever sobre coincidências porque uma delas aconteceu com ele. Acho que se encaixaria na segunda categoria, aquelas que são tão incríveis que nem mesmo sua própria família consegue acreditar.

Bem, eu acreditava. Mamãe, nem tanto.

Quando eu era bem pequena, papai conta que estava lendo um livro num trem de Manchester para Leeds. Estava tão envolvido na história que quase perdeu a estação em que iria desembarcar. Entrou em pânico, juntou rápido toda a bagagem e saltou do trem antes que este voltasse a andar, e então percebeu que havia deixado o livro no banco.

Cinco anos depois, ele viajava em outro trem — o Eurostar para Paris —, rumo a uma feira de livros ou algo parecido. Na viagem de ida, ele se sentou ao lado de uma senhora alemã. Segundo papai, não chegaram a conversar muito, mas ele se ofereceu para trazer alguma coisa do vagão-restaurante, porque a senhora era muito fraquinha, e ela pediu uma garrafa de água.

Dois dias depois, quando estava voltando do evento, ele pegou o Eurostar e estava andando pelo vagão, procurando o seu assento. Seus olhos passavam do bilhete para os números acima dos bancos, e então avistou alguém um pouco adiante, sorrindo.

Era a senhorinha alemã, e, por acaso, seus assentos eram lado a lado de novo.

Então papai se acomodou e eles começaram a trocar histórias sobre coincidências que tinham acontecido com eles ao longo dos anos. Cerca de uma hora depois, quando a conversa tinha terminado e papai foi colocar o jornal no bolso do banco à sua frente, ele viu que alguém tinha esquecido um livro ali.

Esticou a mão para pegar. Era o mesmo livro que ele havia deixado no trem para Leeds anos antes. Não apenas outro exemplar, mas *exatamente o mesmo* livro. O exemplar *dele*, com seu nome na frente e suas anotações nas margens.

A essa altura, ele disse que quase desmaiou, tamanho o absurdo da situação. Depois de um tempo, ele começou a rir, e então, por algum motivo, ficou bem assustado. Apavorado. Disse que aquilo o deixou com medo de verdade. Tentou explicar o que tinha acontecido para a senhora alemã, mas ela parecia não entender o que havia de tão inacreditável.

E havia mais outra coisa inusitada naquilo tudo: o livro que papai perdeu e depois reencontrou quando estava no meio de outra coincidência era um dos mais famosos livros escritos pelo psicólogo Carl Jung; seu trabalho clássico sobre o que chamou de sincronicidade. Mas que todo mundo chama de outro jeito: coincidência.

Sua Porta Três

— Ela não acredita em mim — desabafou papai no carro, numa sexta-feira à noite.

— Oi? Você está falando da mamãe?

— Sim, estou falando da sua mãe — respondeu ele. Estávamos conversando sobre a "conxidença no trem com a senhora alemã e o livro". — Eu mostrei o livro para ela e tudo. É um pouco demais quando até sua esposa acha que você está mentindo.

— Ela não acha isso — comentei.

— Não? — perguntou papai, e parecia de saco cheio mesmo.

Vou ser sincera: eu também não tinha certeza de que ele não tinha inventado toda aquela história, mas, vendo ele falar daquele jeito, eu acreditei. Acreditei nele porque mamãe não acreditava. Acreditei porque ele precisava que alguém acreditasse. Então seria eu.

Estávamos tomando o segundo café da manhã já fazia bastante tempo.

— Benjamin — chamei. — Você consegue ver uma tela? Com os anúncios dos voos?

— Arrã.

— Você pode verificar se o nosso voo já foi chamado? Deverá aparecer algo como "dirija-se ao portão".

— Arrã.

— Não responda "arrã". É falta de educação. Diga "Sim, Laureth, com prazer".

— Ok, Laureth.

— E aí?

— E aí, o quê?

— Nosso voo?

— Ah. Sim, está escrito Nova York JFK. 9:55. E depois: "Última chamada".

— Ih, ferrou! — exclamei.

Então precisei que Benjamin me indicasse onde encontrar um garçom para que eu pudesse pagar a conta, e tive que achar uma nota de 20 libras, e nem esperamos o troco, tivemos que sair correndo para o portão, algo que não gosto de fazer se não estou em um lugar com o qual esteja acostumada, ainda mais um lugar como um aeroporto, cheio de gente.

— Não solte a minha mão — ordenei.

— Claro que não vou soltar — retrucou ele, mal-humorado, e então me senti mal por fazer parecer que não confiava nele.

Não era isso, nem de longe, era outra coisa, mas eu não podia contar pro Benjamin, porque ele ficaria assustado.

E, se ele se assustasse, tudo iria por água abaixo.

Então fiquei quieta e nós meio corremos e meio andamos até o portão, e, quando chegamos lá, Benjamin apertou a minha mão.

— As pessoas estão numa fila — esclareceu.

— Tem certeza de que é o portão 35? Para Nova York?

— Tenho certeza, Laureth.

— Certo. Ok.

Diminuímos o passo e, desse modo, pudemos fazer o que ele gosta e o que eu também gosto que ele faça, que é quando parece que sou eu quem está guiando, mas na verdade é o contrário. Uma cutucada é por aqui, uma torcidinha, por ali. Nós transformamos isso numa arte, tão refinada que, se estou de óculos escuros, muitas vezes as pessoas não percebem. O que, de vez em quando, ou na verdade mais do que só de vez em quando, é exatamente o que eu quero. As pessoas podem ser tão... Qual é a palavra? Críticas? Bem, essa é a palavra educada.

Houve uma chamada.

"Passageiros com destino ao aeroporto JFK, dirijam-se imediatamente ao portão 35. Os portões se fecharão em quatro minutos. Obrigado."

Entramos na fila. Sorri para mim mesma e tive vontade de dizer ao papai que o portão três na verdade é o 35, porque ele acharia isso o máximo, e depois tentei não pensar mais nele. Em vez disso, comecei a pensar no que estava fazendo.

A essa altura, mamãe devia estar no meio da estrada para Manchester.

Ela não voltaria para casa até domingo à noite, quando, pelo menos era o que eu esperava, já teríamos encontrado papai. Era apenas uma questão de horas para que tudo se resolvesse. De qualquer maneira, já era tarde demais para tentar nos impedir. Eu não tinha deixado um bilhete nem nada parecido, pois não tinha tempo o suficiente para ligar o Mac do papai, escrever uma mensagem e imprimir. Sem falar que, mesmo se tivéssemos tempo, eu não gostaria que Benjamin lesse um recado desse tipo. Eu tinha decidido que mandaria uma mensagem de texto para ela quando chegássemos a Nova York. Ou quando encontrássemos papai.

De repente, me dei conta de como estava sendo estúpida.

Eu nem tinha certeza de que o papai estivesse mesmo em Nova York. Só sabia do caderno. Mesmo que ele estivesse, eu não tinha ideia de *em qual parte* da cidade. Onde estaria hospedado. Nem como encontrá-lo.

Na noite anterior, eu estava zangada; com minha mãe, por não se importar com o desaparecimento, e com aquele outro negócio também, que não queria contar pro Benjamin.

Agora, na fila de embarque, me deparei com a dura realidade de estar ali acompanhada do meu irmão mais novo, e a sensação de estar sendo estúpida. Irresponsável, na verdade.

Peguei o celular e tentei ligar para papai. Agora nem estava mais chamando. Uma voz disse: "O número para o qual você ligou não está disponível." A mensagem ficava se repetindo, sem parar, quando deveria cair na caixa postal.

Então aconteceram duas coisas ao mesmo tempo.

Benjamin apertou minha mão, inclinando-a um pouco para a frente.

— Nossa vez — sussurrou.

E a moça no guichê me chamou.

— Oi? Por favor, aproxime-se.

Chegou a hora.

Hesitei. Não precisava dizer nada, para onde estávamos indo. Podia apenas fingir que estava doente ou que tínhamos errado de fila. Na verdade, eu poderia simplesmente me virar e ir embora.

A mão de Benjamin estava quente.

Dava pra sentir como ele estava animado.

— Vamos ver papai, Stan! — exclamou para o pássaro.

Dei um passo à frente e apresentei nossos passaportes e cartões de embarque.

Mantive a mão estendida, um truque que costumo usar para fazer as pessoas recolocarem as coisas direto na minha mão, para que eu não precise ficar balançando os braços como uma idiota.

— Boa viagem — desejou a moça, e nós entramos no avião.

Seu lugar aqui

— Sente ali. Regras são feitas para serem quebradas, o que é ótimo, considerando que...

—... estava mais para 54 do que três.

— Bernard. Bernard, você pegou meu travesseiro? Ora, Bernard, francamente!

Eu ouvia trechos de conversas enquanto andávamos pelo corredor do avião. Muitas vezes escuto coisas soltas e brinco de adivinhar sobre o que as pessoas estão falando. Às vezes acaba sendo bem óbvio, outras, muito estranho. Você ouve um fragmento e se pergunta o que alguém pode estar discutindo para que pronunciem a frase "é claro que as verdes não quicam".

Então estávamos tentando encontrar nossos lugares, quando Sam se aproximou e... talvez seja melhor eu começar pelo início.

Comece pelo início, papai sempre diz. É uma de suas frases prediletas, e ele gosta especialmente de usá-la para falar sobre escrever.

É uma coisa engraçada a respeito do papai, e da escrita, e, quando digo engraçada, não estou querendo dizer hilária. Mas estranha, peculiar e, muitas vezes, imprevisível. Às vezes tudo está ótimo, ele está feliz e parece realmente gostar do que faz. E aí tem as outras ocasiões, quando ele fica calado, não comenta sobre o trabalho e fica mal-humorado se algum de nós tenta puxar assunto. Nessas horas ele parece odiar o trabalho, e fico querendo que ele desista e faça outra coisa.

Mas, quando as coisas vão bem, ele fica muito contente em falar sobre sua escrita, como os livros funcionam, por que alguns filmes dão certo e outros não, e maneiras estúpidas de escrever uma história. Ele diz que escrever um livro já é difícil o bastante sem que seja preciso complicar ainda mais as coisas, como, por exemplo, escrevendo primeiro o meio, depois o final, seguido uma parte perto do fim, e só então o começo e... por aí vai. Então, ele aconselha, comece pelo início.

O que, percebo agora, não foi exatamente o que eu fiz.

Venho pulando de um lado para o outro, talvez seja porque minha cabeça funciona assim, ao passo que papai pensa em linha reta, ligando os pontos, daqui para lá, e depois de volta. Pronto.

Mas talvez exista mais de uma maneira de contar uma história; talvez não seja necessário começar do início e, convenhamos, quem sabe onde as coisas realmente começam?

O exemplo que papai adora usar pra explicar isso também tem a ver com livros. Uma das perguntas que sempre acabam fazendo é quanto tempo ele leva para escrever um livro. Ele costuma dizer "um ano", porque é a resposta mais fácil. Mas, de vez em quando, se ele vai com a cara da pessoa que perguntou (o que percebo por seu tom de voz mais entusiasmado), ele dá a resposta verdadeira: quem sabe?

Quanto tempo leva para escrever um livro?

É o tempo que você passa digitando no teclado do computador?

Inclui os meses em que você se dedica às mudanças que seu editor pediu?

Ou o tempo deveria contar desde quando você teve a ideia que se transformaria na trama, por mais insignificante que ela pudesse ter parecido?

E será que isso depende de tudo que aconteceu na sua vida desde que... bem, desde que você nasceu?

Tudo o que eu sabia era que papai estava tentando escrever um livro desde antes de *Benjamin* nascer, mais ou menos. Um dia, não faz tanto tempo assim, mamãe reclamou que ele estava obcecado. Briguei com ela por causa disso, porque não é verdade. Não pode ser. Não deve ser.

ᴍᴜᴨ4

— Chegamos — anunciou Benjamin.

Ele caminhava na minha frente pelo corredor. Eu me lembrava de como o avião era grande, como da última vez que viajamos para os Estados Unidos; parecia ter quilômetros de extensão, e eu já tinha conseguido esbarrar em três pessoas.

O corredor era estreito demais para que andássemos lado a lado, e eu arrastava os pés atrás de Benjamin, apoiando minha mão no ombro dele. Mesmo assim, consegui chutar o pé de alguém e dar uma cotovelada em outro.

Eu estava fazendo o possível para não parecer cega, porque ainda tinha medo de que alguém descobrisse algum regulamento, alguma regra que não nos permitisse seguir viagem. Eu só precisava que o avião decolasse, repeti pra mim mesma, e depois poderia relaxar.

Então bati em mais alguém, uma mulher, que retrucou:

— Por que você não tira esses óculos escuros de como-sou-descolada pra enxergar por onde anda?

Desse jeito.

Pedi mil desculpas, baixei a cabeça, e seguimos em frente. Enfim, Benjamin parou de andar.

— Seu lugar é esse, 35 D — disse ele. — Ah...

Parecia decepcionado.

— O que foi? — perguntei.

— Eu queria sentar na janela.

— Desculpa. Compramos as passagens em cima da hora. Acho que só tinham esses livres.

— Você está aqui, no corretor.

— Corredor — corrigi, no automático.

— No corredor — repetiu Benjamin. — E eu estou do seu lado.

Ele apoiou minha mão no encosto do meu assento, para que eu soubesse onde era.

— Você pode guardar nossas malas? — Pedi para Benjamin.

— Não alcanço — lamentou ele.

Então uma voz masculina perguntou:

— Posso ajudar com isso?

— Eu não alcanço — repetiu Benjamin.

— Estou vendo — respondeu o homem.

O nome dele era Sam, mas ainda não sabíamos disso. Ele tinha sotaque americano.

— Você é enorme! — comentou Benjamin.

O homem chamado Sam riu.

— Prontinho. Acho que estou no meio também. Do seu lado.

Ele estava falando com Benjamin enquanto se espremia para chegar ao próprio assento. Benjamin se acomodou em seguida, e eu me sentei, aliviada por não estar mais no caminho de ninguém.

Mandei uma mensagem de texto para papai. Dizia a mesma coisa de antes: *Por favor, me ligue. Assim que receber esta mensagem. L. bjs.*

Eu estava rezando para que ele ligasse de volta imediatamente. Naquele exato momento. Ainda dava tempo de ele explicar tudo e desembarcarmos do avião, voltar para casa e começar a implorar para mamãe não me matar.

Então comecei a calcular o tempo: quantas horas levaria até Nova York, a diferença de fuso, o horário que eu tinha marcado para encontrar o Sr. Walker, e coisas assim, e então ouvi o anúncio de que as portas estavam se fechando e que deveríamos desligar os aparelhos eletrônicos.

Alguns minutos depois, o avião começou a taxiar.

Ouvi o burburinho das conversas ao redor, mais alto que o barulho das turbinas, e então senti o avião fazer uma curva, e o zumbido virar um rugido enquanto corríamos pela pista de decolagem.

Adoro andar de avião, mas tive poucas oportunidades até agora. Quando fomos a Nova York daquela outra vez, claro, e outras duas vezes em viagens do colégio com a minha turma; até fomos esquiar no último Natal. Gosto de esquiar ainda mais do que de voar. A velocidade era maravilhosa, o vento gelado no meu rosto, mas, acima de tudo, gosto da liberdade que sinto na descida da montanha, sem ninguém segurando minha mão, sem mesas aparecendo do nada à minha frente, sem beiradas na calçada pra tropeçar; apenas o instrutor atrás de mim, gritando: "Vira! Vira! Vira!"

O avião soltou um barulho ensurdecedor, e eu escutei as rodas se recolherem enquanto ele começava a levantar voo, e então veio aquela incrível sensação da inércia te empurrando fundo contra a poltrona.

Pronto.

Não tinha mais volta, e era tarde demais para sermos expulsos do avião.

Em sete horas, estaríamos nos Estados Unidos.

Voo legal, cara

— Tudo ótimo! — Benjamin comemorou, rindo, quando o avião decolou.

— Você gosta de andar de avião?

Era o homem sentado ao lado dele.

— É legal — respondeu Benjamin. — Mas Stan não gosta.

— Stan? — perguntou o homem.

Benjamin não disse nada. Achei que estivesse mostrando Stan pra ele, porque ele logo respondeu:

— Ah, sim. Stan. Que belo nome para um corvo.

— Você é bem inteligente — observou Benjamin.

O homem deu risada.

— Você acha?

— Acho. A maioria das pessoas acha que ele é um melro.

— Sério? Como as pessoas podem ser tão burras, né?

Dessa vez Benjamin não respondeu, e torci para que a conversa tivesse acabado, mas parecia que não.

— Então por que você está tão empolgado, se Stan detesta andar de avião?

— Porque vamos encontrar papai.

— Benjamin — interrompi. — Deixe o moço em paz. Ele não vai querer que você fique tagarelando por sete horas.

— Ah, eu não me importo — amenizou ele.

Mas eu, sim, pensei. A última coisa que eu queria era que Benjamin contasse para todo mundo o que estávamos fazendo.

— E você deve ser a mãe do Benjamin — disse o homem.

Benjamin riu.

— Falei besteira?

— Ela é minha irmã.

— Irmã? Quem diria...

Tentei descobrir se ele estava brincando ou não, mas não consegui. Papai tentou me explicar milhares de vezes como as pessoas usam o olhar para transformar o significado do que estão dizendo. Eu não entendo, mas sei que isso torna mais difícil para mim perceber quando estão sendo sarcásticas. Ironicamente.

Também sei que, com os óculos escuros, o cabelo caído no rosto, como costumo usar, e por eu ser alta, muitas vezes acabam pensando que sou mais velha. Então ele pode ter se enganado mesmo, ou pode apenas ter bancado o engraçadinho.

— Meu nome é Sam — cumprimentou. — É um prazer conhecê-la.

— Laureth — devolvi, me sentindo meio desconfortável.

Houve uma pausa, e tive aquela terrível sensação de quando estou deixando escapar alguma coisa.

Senti Benjamin segurar meu pulso e apoiar minha mão para Sam apertar.

— Desculpe se fiz alguma coisa errada — falou ele.

A voz dele tinha ficado um pouco mais aguda que antes, e eu me senti péssima, porque ele tinha estendido a mão para me cumprimentar e parecia que eu tinha ignorado o gesto.

— Imagina. De jeito nenhum. — expliquei. — Eu só estava distraída, só isso.

— Medo de avião?

— Não. Eu adoro.

— Não entendi seu nome. Laura, é isso?

— Não, Laureth.

— É um nome inusitado. De onde vem?

Então tive que contar a Sam toda a história de Laureth. Não sei por que até hoje não aprendi a responder "é galês" ou algo assim. Como o papai faz com as perguntas repetidas. Já eu, por algum motivo, me sinto compelida a contar a história toda.

— Meu pai inventou — expliquei. — Bem, mais ou menos.

— Mais ou menos?

— Quando nasci, minha mãe tinha passado por um momento complicado e ficou doente depois. Acho que foi tudo muito difícil. Nasci prematura. Prematura mesmo...

— É por isso que ela não...

— Benjamin! — repreendi-o.

Eu sabia o que ele estava prestes a dizer. Devo ter soado como uma maluca, mas ele não devia me entregar, eu sabia disso.

Forcei uma risada.

— Ele está sempre interrompendo — comentei.

— Não estou nada!

Fiz uma pausa.

— Enfim, minha mãe disse ao meu pai que ele poderia escolher o nome, qualquer um, porque ela estava cansada demais para pensar nisso, e qual seria a vantagem de ser casada com um escritor se ele não fosse capaz de escolher um bom nome?

— Seu pai é escritor?

— Arrã — confirmou Benjamin.

— Benjamin — adverti.

— É, sim. — Ele se corrigiu depressa. — O nome dele é Jack Peak. Já leu algum livro dele?

Adorei o orgulho que transpareceu pela voz dele. Sam ficou calado por um instante, como se estivesse pensando.

— Peak? Jack Peak... Não foi ele que escreveu *Uma porta bate*?

— Foi — respondi.

— Ah, sim. Claro. Mas eu gostava mais dos livros anteriores. Os divertidos.

— A maioria das pessoas prefere esses — emendei, antes que Benjamin pudesse dizer qualquer coisa.

— Então ele inventou seu nome? Laureth? — perguntou Sam.

— Não, ele encontrou.

— Como se encontra um nome?

— Nesse caso, foi num frasco de xampu. Vem de um dos ingredientes. *Sodium Laureth Sulphate*. Lauril sulfato de sódio. Ele achou que a palavra era bonita e parecia um nome.

— Ele tem razão.

— Mamãe não achou. Ele jura que contou pra ela de onde tinha vindo o nome na época, e talvez tenha contado mesmo, mas ela estava doente demais para lembrar. Eu tinha 7 anos quando ela descobriu e ficou uma fera.

"Você batizou a nossa filha com um nome de composto químico!" Tipo isso.

— Ainda assim acho que é um nome legal — elogiou Sam, e eu consegui ouvir o sorriso na sua voz. Era uma voz suave. Gostei. — E muito bonito — acrescentou ele.

— Obrigada — agradeci, e percebi que eu parecia estar esquentando por dentro.

— E é por isso que tenho um nome tão sem graça — completou Benjamin.

— Ei! Seu nome é legal também — Sam discordou.

— Não é não — rebateu Benjamin. — Tem dois Bens na minha turma. Quando eu nasci, mamãe disse que ia escolher meu nome. Papai não podia mais. Então ganhei um nome sem graça. Mas é por isso que Stan se chama Stan.

— Porque você queria que ele tivesse um nome sem graça também?

— Stan não é um nome sem graça. É apelido de Stannous.

— Stannous?

— Stannous Chloride. Cloreto de estanho — expliquei. — É um composto químico. Estava num tubo de pasta de dente.

Sam riu.

— Mamãe foi à loucura — disse Benjamin, orgulhoso.

ᴍᴝᴝ

Batemos papo por um tempo, e sempre que a conversa tomava qualquer rumo perto do motivo para estarmos indo a Nova York, ou se voltava para meu pai, eu desviava do assunto o mais rápido possível. Descobri que Sam era estudante. Achei a voz dele jovem, mas às vezes é difícil ter certeza. Ele passou alguns dias de férias em Londres e agora estava voltando para casa, num lugar chamado Riverhead, para passar o resto do verão com a galera, como chamou.

Estudava literatura inglesa, o que achei bem interessante, porque é a mesma coisa que quero estudar. Isto é, se eu conseguir entrar para a universidade.

Percebi que Benjamin estava ficando entediado e me senti meio culpada, mas eu estava gostando de conversar com Sam. Eu tagarelava sobre um monte de coisas, mas evitava outras, e ele perguntava tudo sobre mim, onde eu estudava, então contei do King's College, e devo ter mencionado meu quarto.

— Você estuda num colégio interno? — perguntou ele.

Então tentei mudar de assunto porque, embora o King's College seja um colégio interno, não é como os outros, e eu não queria falar sobre isso. Perguntei qual era a faculdade dele e coisas assim, e acho que ele também percebeu que Benjamin estava entediado.

— Ei, meu camarada — falou, enquanto eu percebia que eu estava muito feliz de conversar com Sam. — Por que você não assiste a um filme ou algo assim? Também tem uns jogos aí.

Benjamin pareceu inseguro.

— Laureth — disse ele, mas Sam não estava escutando.

— Vamos! — insistiu. — Olha só, você usa esse controle aqui, ou o touch screen. Entendeu? Aperta aqui... Pronto. Tem todos esses filmes. Gosta de algum?

— Ah, tudo bem — interrompi. — Acho que ele não quer assistir a um filme.

— Quero, sim — retrucou Benjamin.

— Pronto. É assim. Sua vez. Basta apertar no filme que você quer. Tem fones de ouvido em algum lugar e... ops!

Ele parou.

Benjamin deu um grunhido triste, e entendi o que havia acontecido. Ele tinha tocado a tela.

— Que estranho — comentou Sam. — Parece que está quebrado.

Benjamin ficou calado, e eu não soube como impedir Sam de insistir. Ele chamou uma comissária, e eles tentaram consertar. A comissária se afastou e depois voltou dizendo que o sistema de entretenimento de todos os outros passageiros estava funcionando bem, o problema era só naquele.

Então Sam sugeriu trocar de lugar com Benjamin para que ele pudesse usar o seu aparelho. Eles trocaram, e Sam sentou ao meu lado. Pude perceber como ele era alto pelo ponto em que seu braço tocava meu ombro. Ele também parecia forte e tinha um cheiro gostoso.

Ele estava ajudando Benjamin a selecionar um filme de super-heróis quando os dois ficaram em silêncio.

— Que estranho — repetiu Sam.

Nesse momento, eu já sabia o que estava acontecendo. O Efeito Benjamin tinha entrado em ação.

Em seguida, ouvi a campainha de ajuda de todos os passageiros tocando.

Todos os sistemas tinham dado pane. Nada de filmes para ninguém. Os comissários andavam de um lado para o outro, tentando acalmar as pessoas; parecia que elas estavam à beira da morte em vez de apenas não poderem mais assistir TV. Tentaram consertar algumas vezes, mas depois anunciaram que o sistema parecia ter sofrido uma pane geral e não seria possível consertar, eles sentiam muito. Quase aconteceu um motim.

Benjamim não se mexia.

Sam suspirou.

— Existem umas coisas incríveis chamadas livros. — Quebrou o gelo. — Não precisam de eletricidade nunca. Essas pessoas talvez devessem tentar ler.

— É uma boa ideia — concordei. — Benjamin, você quer os seus gibis?

Benjamin pareceu se empolgar.

— Quero — respondeu.

Mas eu sabia o que ele estava sentindo, no fundo. Era uma coisa que todos nós sentimos de vez em quando: por que logo eu?

Uma coisa rara

Vai ser necessário explicar um pouco mais sobre meu irmãozinho.

O Sr. Woodell provavelmente me daria um sermão por causa do meu vocabulário, mas Benjamin tem essa... *coisa*. Por mais que mamãe quisesse que ele tivesse um nome comum e fosse normal, seus desejos foram ignorados, pois, apesar de ter conseguido lhe dar um nome bem batido, Benjamin de fato tem algo muito estranho.

Tenho pena da minha mãe; dois filhos e nenhum deles é "normal e saudável". Depois de mim, ela deve ter pensado que sua falta de sorte tinha acabado. Ela nunca fez com que eu me sentisse um revés, nem papai. Sei que eles me amam. Sei que me amam como eu sou, mas também sei que foi difícil. É mais difícil para eles do que para mim, porque, para mim, não enxergar é normal. Pouquíssimas pessoas nascem sem visão alguma, e eu sou uma delas. Tenho apenas uma ligeira percepção de luz, de modo que consigo notar a luz de uma janela num quarto escuro, por exemplo, mas não passa disso.

Acho que deve ter sido um choque terrível quando os médicos deram a notícia aos meus pais. Eles nunca me disseram nada, mas meus primos encantadores soltaram alguns indícios ao longo dos anos. Disseram que meus pais queriam me entregar para adoção. Não acredito nisso nem por um segundo.

Meus primos também gostam de fazer coisas idiotas, como me perguntar quantos dedos estão mostrando, ou me garantir que o caminho num cômodo está livre, para em seguida colocar algum objeto por onde eu for passar. Uma vez estávamos na casa da tia Sarah e mamãe me encontrou chorando; acho que ela sabia o que estava acontecendo, mas não conseguiu dizer nada.

Então eu disse por ela.

— Tudo bem. Eles são uns imbecis. Não conseguem lidar com alguém um pouco diferente.

Então mamãe começou a chorar e disse que sentia muito, mas falei para ela que não ficasse assim, porque não dá pra sentir falta de algo que a gente nunca teve, porque não sou triste por ser assim. Não me importo em ser cega. O que me incomoda são as pessoas me tratando como se eu fosse idiota.

Então sei que foi difícil para eles, principalmente no começo, quando eu era bebê. Quando era pequena.

Eles já tinham se acostumado quando Benjamin nasceu, e devem ter pensado que tudo seria mais fácil dessa vez. E foi, exceto por uma coisa inusitada: o efeito que Benjamin tem nos aparelhos eletrônicos.

Não acontece sempre, mas a frequência é suficiente para que eu nunca o deixe encostar no meu iPhone, por exemplo. Se ele quer assistir à televisão, temos que ligá-la nós mesmos e ele precisa manter uma certa distância da tela. Também não pode jogar no computador e não tem autorização para usar o Mac.

É difícil para Benjamin, porque todos os seus amigos jogam, e ele não pode participar, pois, caso o aparelho dê pau, a culpa certamente cairá sobre ele.

Isso faz com que ele seja um pouco diferente das outras crianças da mesma idade. Para começar, lê muito, porque livros não enguiçam, o que é ótimo. Mas isso também contribui para ele ser meio excêntrico. A maioria dos meninos de 7 anos não anda mais por aí com bichos de pelúcia, mas desde que papai trouxe Stan de sua visita ao Museu de História Natural de Göteborg, Benjamin não se separa dele. Benjamin é um ser solitário; ficou assim porque muitas outras crianças o consideram esquisito. Sou louca por ele, mas como passo a semana toda fora, na escola, ele acaba ficando por conta própria. Então Stan é como se fosse uma espécie de amigo imaginário, embora, como Benjamin ressaltaria de cara, ele não seja completamente imaginário.

ᗰᘓᘉ

A vida ia seguindo, e então, em algum momento do ano passado, papai estava lendo um livro no sofá e, de repente, deu um berro de satisfação.

— Benjamin! — gritou para o andar de cima. — Benjamin! Desce aqui!

Ele estava tão animado que mamãe e eu fomos ver o que estava acontecendo.

— Descobri uma coisa — anunciou papai. — Descobri outra pessoa como você! Um homem famoso! É um dos maiores cientistas de todos os tempos. Seu nome era Wolfgang Pauli, da Áustria. Um físico.

Benjamin também ficou animado.

— Um o quê?

— Um físico é um homem que estuda como funciona o universo, nos mínimos detalhes. Átomos e tal. E Pauli foi um dos mais importantes que já existiram. E ele tinha o mesmo problema que você! Durante toda a sua carreira, as coisas à sua volta enguiçavam. No laboratório, em casa. Os equipamentos davam defeito, os objetos quebravam e, se ele entrasse no laboratório de outros cientistas, gritavam na mesma hora para ele sair!

— E ele era um *fígico* famoso? — perguntou Benjamin.

Papai deu uma risada.

— O melhor! Uma vez ele estava só passando de trem por uma cidade na Suíça, onde outro cientista estava trabalhando, e o equipamento deste deu pane na hora! Eles decidiram dar um nome ao fenômeno. Chamaram de Efeito Pauli.

Mamãe e eu rimos também.

— Pronto, Benjamin! — exclamou ela. — Agora sabemos qual nome dar pra esse negócio. Efeito Benjamin!

E foi estranho, porque o simples fato de dar um nome ao problema deixou Benjamin muito mais contente. Às vezes acho até que ele se sente orgulhoso.

Até ele enguiçar as TVs de quinhentas pessoas num voo e, para o seu próprio bem, me fazer desejar que ele fosse como todos os outros, assistindo ao filme com os fones de ouvido, sem se preocupar com mais nada no mundo.

Meu herói cego

— Poder tirar uma soneca vai ser maravilhoso — sugeri para Benjamin.

— Quero meu gibi — reclamou ele, mal-humorado, mas não dava pra ficar brava com ele por causa disso

Aprender da maneira mais difícil, minha mãe costuma repetir, porque, assim, nunca se esquece. Com isso ela quer dizer que, se você faz papel de idiota completo e o constrangimento é quase insuportável, não vai repetir o erro. Entendo seu ponto, porque tenho exemplos práticos, experiência própria. Como uma vez, quando eu era criança e estava brincando com meus primos, decidi que podia fazer tudo o que eles faziam. Foi por isso que bati com a bicicleta numa árvore e agora tenho uma linda cicatriz na testa.

Às vezes as pessoas me perguntam se eu gostaria de enxergar, e digo que não. Sei que elas não acreditam, mas então me perguntam se *alguma vez* eu já quis enxergar e tento explicar que aquela pergunta não faz sentido. É tão sem sentido quanto outra que ouço sempre: qual o significado das cores para mim? Nunca soube o que são essas coisas, então como posso saber se gosto delas ou não?

Mamãe diz que minha cicatriz não é tão grande quanto eu acabo achando toda vez que passo o dedo sobre ela, e, embora eu deteste admitir, esse incidente me tornou mais cuidadosa. Eu queria continuar fazendo tudo o que os outros faziam. Mas desde então nunca mais subi numa bicicleta.

— Nunca mais faça isso. — Lembro da mamãe dizendo. — Aprender as coisas da maneira mais difícil...

É uma boa tese, mas requer muito mais pesquisa e alguns testes rigorosos, pelo menos segundo meu subconsciente.

∽∿∾

No fim das contas, Benjamin só tinha levado um gibi.

Eu havia enfiado algumas cuecas e meias em sua mochila, a escova de dente e o pijama. Era fácil encontrar suas roupas; graças a mamãe, elas ficavam sempre na mesma gaveta e, como crianças de 7 anos não são famosas por seu senso estético, eu sabia que ele não se importaria se suas meias não combinassem com as cuecas. A escova de dente dele era a menor da casa, e ele estava de pijama quando o acordei. Então foi bem fácil. Mas estávamos um pouco atrasados quando terminamos de tomar o primeiro café da manhã, então saímos correndo e não tive tempo de verificar o que Benjamin tinha posto na mochila.

Então havia o desafio de conseguir me levantar, encontrar a mochila de Benjamin, que era dos Watchmen, e pegar seu gibi — tudo isso sem que Sam percebesse nada de estranho comigo, nem ninguém, na verdade.

Eu tinha ouvido a mochila de Benjamin fazendo barulho acima da minha cabeça, e sabia que havia um fecho simples no meio de cada bagageiro. Esperei até que Sam estivesse distraído conversando com Benjamin, perguntando de quais gibis ele gostava, e então deslizei a mão até encontrar o fecho. A mochila de Benjamin estava bem à mão; é fácil encontrá-la, porque ela tem um grande *smiley* de borracha na frente. Posso tatear os buracos dos olhos e da boca. Mamãe acha que ele é novo demais para ler *Watchmen*, mas papai comprou a mochila na Comicon, e ela é muito rara. Não sei se meu irmão compreende direito essa parte, mas acha a mochila o máximo mesmo assim, e não é preciso entender tudo sobre uma coisa para gostar muito dela, não é? Na verdade, não saber às vezes faz você amar ainda mais.

Procurei dentro da mochila e só encontrei um gibi.

— Você só trouxe esse? — perguntei.

Eu me sentei e estendi a revista por cima de Sam, torcendo para não acertar o queixo dele, mas assentos de avião facilitam muito as coisas; dá para saber direitinho onde as pessoas estão a qualquer momento.

Benjamin praticamente arrancou o gibi da minha mão.

— A viagem até Nova York é superlonga, e você só trouxe um gibi?

— Você não me disse para trazer vários... — rebateu Benjamin, na defensiva.

— Eu expliquei que era uma viagem longa. Ah, Benjamin...

Soltei um gemido.

Faltavam pelo menos seis horas. Um menino, famoso por sua habilidade de leitura rápida, e um gibi.

— Qual foi o que você trouxe, aliás? — perguntei.

— Só um... gibi — respondeu Benjamin, sem especificar.

Ele é um grande fã de gibis americanos. Comprou os primeiros em nossa viagem dois anos antes, quando mal sabia ler. Mas adorava as imagens e papai lia para ele. Ele praticamente aprendeu a ler com os gibis, e deve ser por isso que tem um vocabulário tão peculiar e conhece palavras como *radioativo* e *nêmeses*. É provável que também saiba soletrar *abdução*.

— Qual? — insisti.

— Um antigo — disse ele.

Sam deve ter visto, porque começou a falar com Benjamin de novo:

— Ah, *Demolidor*! Legal.

Nessa hora, entendi que ele não queria me contar porque sabia que eu ficaria chateada.

— Você viu as histórias com Elektra? — Sam quis saber.

— Você conhece o *Demolidor*? — perguntou Benjamin.

— Não pessoalmente — esclareceu Sam —, mas acho que já li todos os seus quadrinhos da Marvel.

Então eles se perderam num paraíso *geek* por quase meia hora, e pude ficar à vontade para refletir o motivo pelo qual nos livros, filmes e quadrinhos parecem existir somente dois tipos de personagens cegas.

Tem as personagens patéticas e indefesas das tragédias, que só aparecem na trama porque o autor deve ter achado dramático colocar um pobre cego diante de algo terrível acontecendo bem debaixo do seu nariz. Às vezes os escritores fazem de tudo para tentar provar que a cegueira é pior que a morte. Você ficaria chocado com quantos deles existem por aí.

Acontece que esse tipo de personagem cego cai em duas categorias. Ou recupera a visão milagrosamente, oba! Ou morre. *Bem, pelo menos ele não é mais cego.*

Acho que tudo começou na Grécia Antiga. Foram os gregos que inventaram aquelas histórias cheias de profetas cegos. *Eles não enxergam nesse mundo, mas conseguem ver em outros para além daqui.*

O outro tipo são os super-heróis. Como o Demolidor. Assisti ao filme com Benjamin num sábado à tarde, na TV. Eu não sabia do que se tratava e achava que ele também não, mas era sobre um homem que tinha ficado cego por ter entrado em contato com algum lixo tóxico, o que também provocou um desenvolvimento maior dos seus outros sentidos, transformando-o num super-herói. Claro que ele também é lindo, e não demora pro coração da Elektra começar a acelerar.

Depois de meia hora, fui para o meu quarto e deixei Benjamin assistindo ao filme sozinho.

A ideia de que os outros sentidos são superdesenvolvidos não é exclusividade do Demolidor.

Acho que as pessoas gostam de pensar que, se você fica cego, os outros quatro sentidos se tornam superpoderosos, mas não é assim que funciona. Bem, pelo menos não para mim. Acho que presto mais atenção aos sentidos que tenho. Não me oriento pelo eco, como Harry consegue, mas sei quando estou perto de uma parede, de uma estante ou de alguma coisa grande, porque os sons ficam diferentes.

De todo modo, as pessoas se enganam ao pensar que temos apenas cinco sentidos. Existem muitos outros, mas por algum motivo o conceito de cinco parece ser o único que prevalece. Visão, audição, tato, paladar e olfato. Mas eles não param por aí, e não, não estou falando de sexto sentido, percepção extrassensorial ou como você quiser chamar. Estou falando de outros sentidos mesmo. Como o senso de equilíbrio. De temperatura. Da passagem do tempo. Das posições relativas das partes do corpo umas com as outras; é por isso que a gente consegue encostar no próprio nariz no escuro.

É por isso que *eu* consigo tocar no meu nariz e garanto que não tem nada de extrassensorial nisso.

Então, na verdade, as pessoas têm uma variedade incrível de habilidades à sua disposição, e elas podem ser muito úteis, mas, pode ter certeza, se você é cego, os outros sentidos não o ajudam a "enxergar".

Por exemplo, Luke Skywalker. Obi-Wan baixou a viseira do capacete dele durante o treino com o sabre de luz.

— Não vejo nada — reclama Luke, meio chorão, como de costume.

— Use a Força, Luke — instrui Obi-Wan Kenobi. — Conecte-se com a sua mente.

E Luke sabe exatamente em qual direção agitar sua varinha mágica, mas, confie em mim, a Força não existe.

Também existem mais lutas de espadas "às escuras" num filme sobre um samurai cego. Ele mata cerca de quinze pessoas por minuto. Eu mencionei um filme; aparentemente há dezenas deles, talvez porque as pessoas gostem desse tipo de coisa. Aprendi que as pessoas ficam fascinadas com a ideia da cegueira. Fascinadas e apavoradas. Acho que é aí que entra o herói cego. *Uau, ele é cego, mas ainda detona.*

Naquele exato momento, posso garantir que não estava me sentindo capaz de detonar, mas, mudando para o assunto dos corações acelerando, era exatamente isso que estava acontecendo com o meu.

Sam deixou Benjamin com o *Demolidor* e se voltou para mim.

— Tem alguma coisa interessante sobre você — falou.

— Sério?

— É, sério — zombou ele.

Gostei disso.

O braço dele esbarrava no meu naquele apoio entre os assentos. Fiquei pensando se ele tinha percebido, se estaria fazendo de propósito.

— E o que é? — Eu quis saber.

— Não sei. Não entendo você. Uma hora é um pouco estranha e, em seguida...

Ele parou, e acho que deve ter ficado constrangido.

— O quê?

— Você abre esse sorriso.

Entrei em pânico. Esse lance de sorrir é uma grande questão. Tive um probleminha na escola no ano passado por causa do meu "olhar idiota". Esse foi o vocabulário escolhido pelo Sr. Woodell. Ele disse que eu parecia entediada durante suas aulas.

Se você é cego, não importa muito se fica de olhos abertos na aula. Às vezes, sinto que me concentro melhor com eles fechados. Mas para deixar o Sr. Woodell feliz, eu tentava manter o que imaginava ser um sorriso de fascinação. Ele falou que eu parecia uma louca. Seria natural que um professor numa escola de crianças cegas já estivesse acostumado com isso, mas ele tinha acabado de entrar. Acho que vai acabar desistindo.

— Ei, agora você ficou estranha comigo de novo — reclamou Sam.

— Desculpa. Não foi de propósito.

— Olha — começou. — Benjamin me contou que vocês estão indo encontrar seu pai em Nova York.

— Ele disse isso?... Bem, na verdade...

— Então eu estava pensando se você não quer dar uma volta comigo nos próximos dias, quando tiver um tempo livre. Tomar um drinque?

Não respondi nada.

Estava pensando que havia duas coisas que ele provavelmente não sabia sobre mim. A primeira era minha idade. E a segunda...

— Pronto — concluiu ele. — Você mudou de novo. Olha, se não quiser, não...

— Não — interrompi. — Desculpa. Seria ótimo. Só não me organizei direito ainda...

— Onde vocês vão ficar?

— Ah, eu... Em algum lugar... é... da cidade.

Houve um momento de silêncio, e imaginei que ele achava que eu estava agindo de um jeito estranho de novo. Ou sendo evasiva. Ou os dois.

— Você sabe onde vai ficar?

— Vamos encontrar meu pai — respondi.

— E onde ele está?

— Em algum lugar... Na...

— Na cidade. Certo.

Achei que, a essa altura, eu definitivamente havia estragado tudo, mas Sam sugeriu:

— Por que não anota meu telefone e aí, se quiser, me liga?

Sorri. Então me lembrei do Sr. Woodell e desfiz o sorriso.

— Claro — concordei. Peguei meu telefone. — Qual é o seu número? Espere! Tenho que digitar seu nome primeiro.

Acho que eu estava animada, porque me esqueci de como era meu telefone. Comecei a digitar na agenda e estava digitando SAM no espaço de novo contato quando ele voltou a falar:

— Por que você usa o telefone desse jeito?

Agora era ele que parecia estar estranho.

Congelei.

Quando uso meu telefone, seguro o aparelho bem alto, de frente para mim, porque assim é mais fácil de ouvir, já que a saída de som fica na parte de baixo. Às vezes uso fones, para que ninguém possa ouvir o aparelho falando comigo, mas eu estava muito empolgada. E acabei esquecendo.

— Bem, eu...

— Por que ele fala com você?

— É um iPhone — respondi. — Eu...

— Também tenho um iPhone, mas ele não fala comigo.

— Mas poderia se você quisesse.

— Por que eu iria querer uma coisa dessas?

— Bem, você iria se...

— Se o quê?

Pronto. Eu tinha me encurralado. Mas estávamos nos dando tão bem, e eu sabia que ele tinha gostado de mim. Estava me oferecendo seu telefone, pelo amor de Deus. Eu me repreendi por ser tão paranoica. Então tomei coragem.

— Se fosse cego — completei, baixinho.

Ele não disse nada, e eu não entendi se a ficha havia caído ou não. Eu tinha me esforçado ao máximo para não parecer cega na frente dele. Eu me virava para ele quando ele falava, e até tentava concordar com a cabeça, outra coisa de que o Sr. Woodell gostava, embora eu não entendesse por quê. Tive o cuidado de não tocar nos meus olhos, o que costumo fazer quando estou nervosa ou assustada. Então tinha cogitado a possibilidade de ele não ter percebido, apesar de Benjamin ter me ajudado a apertar sua mão.

Então tirei meus óculos.

Houve um silêncio breve, durante o qual, suponho, a ficha estava caindo.

— Ah. Poxa, sinto muito. Eu não fazia ideia.

Fiquei me perguntando sobre o que ele sentia muito.

— Tudo bem — respondi. Recoloquei os óculos. — A variedade de funções do iPhone é impressionante. Poucas pessoas sabem, mas está tudo aí, à nossa disposição.

— Ah, sim. Não. É mesmo — disse Sam.

— Por exemplo, posso digitar no telefone, ele me diz em voz alta qual tecla estou apertando e aí...

Digitei SAM para mostrar a ele.

— Sim. Sim, é bem legal.

— Não é? — concordei. — Mas então? Qual é o seu número?

Houve um longo silêncio, e depois Sam disse:

— Olhe, Laureth, aposto que Benjamin já terminou o *Demolidor*. Provavelmente deve querer sua irmã de volta. De todo modo, preciso ir ao banheiro, então podemos trocar de lugar. Né, Benjamin? Você já terminou?

— Arrã — confirmou Benjamin.

Dessa vez, não o corrigi.

Deixei Sam sair para ir ao banheiro, e, quando ele voltou, se sentou no assento em que estava antes.

— Ei. — Foi a única coisa que disse quando deu um tapinha no meu ombro para que eu me levantasse e abrisse espaço. O corpo dele esbarrou no meu quando passou por mim. — Obrigado — acrescentou.

Então Benjamin se aninhou junto a mim.

— Estou cansado, Laureth.

— Acordamos cedo, meu amor — falei. — Por que você não encosta aqui e tira um cochilo?

Ele obedeceu, e pude sentir a pelúcia de Stan esmagando meu rosto quando Benjamin fez o pássaro de travesseiro.

Deixei meu irmão se aconchegar a mim e comecei a ficar preocupada. Minha memória despertou uma conversa que mamãe e eu havíamos tido sobre ele. Benjamin é uma criança solitária. Ele é diferente dos outros garotos da escola, disse ela, e o Efeito Benjamin não ajuda. Mas esse não é o verdadeiro problema. Ele é muito inteligente para sua idade, e as outras crianças acabam o achando esquisito. Ele provavelmente é mesmo, e ter um pai maluco e uma irmã que passa tanto tempo fora também não deve contribuir muito. Ele venera papai. Tenta falar do mesmo jeito que ele, usa frases suas sempre que pode. Quer ser igualzinho a ele.

Mas acho que, às vezes, todos nós desejamos ser alguém que não somos. Mamãe tentou convidar amiguinhos dele para um lanche e tudo, mas não deu certo. E, durante o período de aulas em que estou ausente, Benjamin simplesmente fica dentro do quarto, lendo, lendo e lendo.

— Stan também está cansado — comentou ele. — E você?

Começamos a cochilar, apoiados um no outro, e passei um tempo pensando nele e como seria quando crescesse. Então pensei um pouco em mim, e no que faria depois que terminasse a escola. Se iria para a faculdade. Se conseguiria um emprego. Se conheceria alguém, me casaria. Esse tipo de coisa.

E então pensei em Sam, dois bancos ao lado, e pensei na teoria de mamãe, de que você nunca esquece as coisas que aprende da forma mais difícil. Precisamos elaborar melhor essa teoria, definitivamente.

— Sim — sussurrei para Benjamin. — Estou cansada. Mas ele já tinha dormido.

NÃO PROVA NADA

Amar uma ideia e colocá-la num livro. Tenho que usar uma ideia que adoro:

O que fazer com a questão do aniversário?

Ela nos diz que não é tão incrível assim quando encontramos alguém que faz aniversário no mesmo dia que o nosso, certo? Isso não significaria que talvez devêssemos parar de ficar tão impressionados com coincidências? Porque é tudo uma questão matemática.

Outra linha de pensamento sobre coincidências prega mais ou menos o seguinte: sim, lógico, coisas impressionantes acontecem de vez em quando. Mas há muitas pessoas no mundo. Há muitas coisas no mundo. E há praticamente uma infinidade de maneiras pelas quais essas pessoas e essas coisas podem se encontrar ao acaso, de forma que, às vezes, até mesmo as coisas mais improváveis acontecerão e, quando elas de fato acontecem, ficamos muito empolgados e aí dizemos que foi uma coincidência inacreditável.

Como eu naquele trem de Paris, com a senhora alemã e meu exemplar de Jung.

Mas, na verdade, essa teoria explica que seria mais inacreditável se coisas assim NUNCA acontecessem. Isso sim seria difícil de imaginar.

É assim que algumas pessoas gostariam que nós refletíssemos sobre coincidências, e a questão dos aniversários prova essa teoria, certo?

Não. Acho que não prova.

* * *

Pense de novo na explicação. Ela não demonstra que VOCÊ encontrar alguém que faça aniversário no mesmo dia do seu, numa sala com 23 pessoas, não tem nada demais. A teoria estabelece apenas que as chances de QUAISQUER DUAS PESSOAS na sala fazerem aniversário no mesmo dia são muito grandes.

Mas veja bem: sempre que você conhece uma pessoa, a chance de vocês fazerem aniversário no mesmo dia é apenas uma em 365. E com que frequência você descobre o dia do aniversário de alguém? Com exceção de amigos mais próximos, quero dizer. Não é muito plausível que você vá entrar numa sala cheia de desconhecidos lançando: "Ei, 8 de abril, alguém?"

Vendo por esse lado, as coisas começam a mudar de figura. Acho importante esse outro ponto de vista, porque, se você só usa a abordagem matemática, algo muito importante acaba ficando de lado: o elemento HUMANO.

Sim, de acordo com a matemática, em uma sala com 23 pessoas, duas delas fazem aniversário no mesmo dia, na metade das vezes. A matemática nos oferece essa certeza, mas esquece que: a) não andamos por aí perguntando sobre esse assunto; e b) a matemática não sabe QUAL É A SENSAÇÃO de quando uma coincidência acontece com você.

A matemática não sente os pelos da nuca se arrepiarem. Não balança a cabeça e diz "Deus do Céu!". Mas nós, sim. Sabemos qual é a sensação, e a sensação é de que aquilo SIGNIFICA ALGUMA COISA.

Existe um nome para essa sensação de quando entramos em contato com algo dessa dimensão, tão potente, externo a nós mesmos, e a palavra é NUMINOSO. Ela costumava ser usada numa conotação religiosa; aquela sensação de estar em contato direto com Deus. Agora não mais. Hoje em dia, até os ateus utilizam essa palavra quando querem falar sobre presença de algo místico, poderoso e desconhecido pairando ao nosso alcance.

A experiência numinosa nos DIZ que as coincidências têm um significado.

Mas quem vai saber?

COINCIDÊNCIA + NUMINOSO
= UAU, CARA!

Sua folha três

Uma pergunta persistia: seria mesmo uma obsessão? Sem dúvida, papai estava interessado em coincidências, fascinado até. Mas obcecado?

ᴍᴜᴒ

— O que Sam está fazendo? — sussurrei no ouvido de Benjamin quando ele acordou.

— Quem é Sam?

— Shh! O moço com quem você estava conversando.

— Ah! Ele estava vendo um filme no iPad e dormiu com os fones de ouvido.

Então fiz Benjamin ler de novo a terceira página do Livro Breu que o Sr. Walker tinha enviado por e-mail, enquanto eu segurava o telefone e dava zoom quando ele pedia.

Nela, papai escrevia mais sobre a questão dos aniversários e falava sobre o termo *numinoso*. Benjamin engasgou um pouquinho nessa palavra, então concluí que ela não era muito usada em quadrinhos, mas sabia que ele estava tentando ler por causa do papai, e então tentei esclarecer pra ele do que se tratava.

Minha explicação foi assim: papai diz que as coincidências significam alguma coisa para cada um de nós porque *sentimos* como se elas realmente significassem. Não tem como ser diferente. Mas eu ainda não tinha concluído se isso implicava que elas significassem *de fato*.

Então comecei a pensar em papai e no que mamãe chama de seu "estado mental" quando eu estou por perto, mas que sei que é algo mais sério para o qual ele está tomando remédios, porque ouvi os dois discutindo isso pelas paredes do meu quarto.

A terceira página que o Sr. Walker tinha enviado me fizera refletir, e então decidi que queria o livro, e queria que Benjamin continuasse lendo para mim, o mais rápido possível.

Mexi no celular para que ele me dissesse que horas eram.

— Já estamos chegando? — perguntou Benjamin.

— Quase — respondi. — Acho que falta uma hora.

O voo tinha sido incrivelmente rápido. Entre enfrentar algumas refeições e idas ao banheiro, além de fazer papel de idiota na frente de americanos gatinhos, o tempo tinha voado.

Com certeza não faltaria muito mais para que soasse o aviso de preparação para o pouso.

Enquanto eu me certificava de que Benjamin estava com o cinto devidamente afivelado, Sam se dirigiu a mim:

— É... com licença. Laureth?

— O que foi?

Tentei não parecer zangada, porque não estava, de verdade. Eu estava acostumada com a reação dele, ou casos parecidos, pelo menos. E o jeito como ele se transformou ao ficar sabendo a verdade definitivamente não foi tão ruim quanto gritar comigo na rua, ou alguma criança me maltratando, o que costumava acontecer o tempo todo quando eu estudava numa escola normal; desde coisas simples, como esconder objetos de mim, a coisas que podiam me machucar de verdade, como puxar minha cadeira, e a pior de todas: ser ignorada. Como se você nem estivesse ali.

No fim das contas, seria muito fácil concluir que as pessoas são mesquinhas, mas existem pessoas gentis, como o homem no aeroporto que nos ajudou a passar pelo segurança. As pessoas não são todas iguais. Existem as boas e as más, e todos os outros tipos. Papai diz que pelo menos uma coisa ele aprendeu em seus 40 e tantos anos nesse mundo: *as pessoas são engraçadas*. E ele não quer dizer hilárias.

Por exemplo, até na minha escola existe *bullying*, embora *sejamos todos iguais*. Isso surpreende algumas pessoas. Mas não somos todos exatamente idênticos; alguns são mais cegos que outros, e, em terra de cego, quem tem "visão parcial" é rei. Ou algo assim.

— Escuta, sinto que devo te dizer uma coisa. Não é da minha conta, mas vocês parecem que não sabem aonde vão, aonde vão se hospedar nem onde vão encontrar seu pai.

— Só porque...

— Ei, calma aí. Isso não é da minha conta. Acho que você pode se virar muito bem sozinha. Mas a questão não é essa. O controle de imigração dos Estados Unidos é bem duro... Você precisa dizer onde vai ficar. Que hotel e por quanto tempo. Se você não sabe, tem que pensar em alguma coisa agora. Pra colocar na sua declaração de entrada.

Não respondi por um minuto. Acho que devo ter parecido estranha de novo, e não queria isso. Ele estava tentando ajudar.

— Obrigada — agradeci. — Eu não sabia disso.

— É. Você precisa preencher uma declaração. Aquele papel que eles deram quando decolamos.

Ah, lembrei. Então era isso.

Fiz Benjamin encontrar os papéis; tínhamos enfiado no bolso do banco da frente.

— Olha. — Pedi para Sam. — Será que você me ajudaria a preencher? Vai ser bem melhor que pedir pro Benjamin.

Meu irmão começou a reclamar, mas Sam riu.

— Claro — concordou ele. — Será um prazer. Só precisamos pensar no nome de um hotel para você dizer que é onde vai ficar. Não se preocupe, não importa o que colocarmos. Eles nunca verificam. A menos que suspeitem de alguma coisa.

Ele começou a me perguntar alguns dados e os escreveu no cartão. Nome, número do voo, hotel, esse tipo de coisa.

— Ah, sobre antes... eu...

Eu o interrompi:

— Não se preocupe — desconversei. — Sério. Tudo bem.

— Por que você não anota meu telefone mesmo assim? Para o caso de ter algum problema e precisar de qualquer coisa.

— Obrigada — falei —, mas vamos ficar bem. Estou com Benjamin. Vai dar tudo certo.

— Tudo bem — disse Sam. — Tenho certeza de que sim.

Então aterrissamos em Nova York, e, antes que eu me desse conta, tudo ficou diferente, e a última certeza que eu tinha era de se algum dia voltaríamos a ficar bem.

Uma jovem cega

Jovem e cega. Ok, sou as duas coisas. Mas acho que *qualquer um* poderia se perder no desembarque do Aeroporto JFK. Aos meus ouvidos, o saguão parecia enorme, os sons chegavam até onde eu estava por uma longa distância à esquerda, e de um lugar muito alto também. Alguém gritava ao longe, instruindo as pessoas em qual fila entrar.

— Achei você! — exclamou Benjamin, segurando meu braço.

Assim que pousamos, ele anunciou que precisava ir ao banheiro, de novo, e me deixou parada no saguão perto de uma coluna.

— Pronto? — perguntei.

— Arrã — fez Benjamin. E em seguida: — Sim, Laureth.

— Acho que há filas diferentes. Para os americanos e para nós. Da última vez foi assim. Você consegue ver?

— Está meio confuso — disse Benjamin. — Tem centenas de pessoas. Elas estão fazendo fila em frente daqueles guichezinhos de vidro. Vai levar séculos.

— Vai demorar ainda mais se entrarmos na fila errada. Encontre alguém para perguntar, alguém de uniforme. Vou esperar aqui.

Então ele foi e, enquanto isso, comecei a me preocupar com o horário. Meu telefone já tinha mudado para o fuso de Nova York, e tínhamos aterrissado por volta de meio-dia e meia. Eu tinha combinado de encontrar o Sr. Walker na biblioteca do Queens às duas da tarde, mas já era uma hora e, se as filas fossem tão longas quanto Benjamin tinha dito...

Ele voltou, segurou meu braço de novo, e entramos numa fila imensa, que andava devagar. Nenhum de nós falou muito. Estávamos cansados, apesar de termos cochilado no voo. Eu segurava os passaportes e nossas declarações pessoais, além de um envelope com uma carta dos meus pais que eu havia imprimido na noite anterior. Tive uma certa dificuldade com essa parte, não para escrever — isso foi fácil —, mas para imprimir. A impressora não funcionava, e não havia a menor chance de pedir ajuda para a mamãe ou para Benjamin. Por motivos óbvios, não costumo usar a impressora, por isso não sei direito como funciona. No fim, apertei todos os botões e a máquina cuspiu o papel que eu precisava. Pelo menos eu esperava que fosse aquele, e não alguma coisa que estava na fila de impressão havia três meses. Se eu apresentasse uma cópia da contabilidade do papai, provavelmente não chegaríamos muito longe.

Entrei em pânico e mostrei o início da carta para Benjamin.

— O que está escrito aqui?

Benjamin suspirou. Eu sabia que ele estava entediado e cansado de ficar em pé na fila.

— Declaro para os devidos fins... — começou ele.

— Está ótimo — encerrei. — Obrigada.

Relaxei, a carta estava certa. Estava orgulhosa desse início, parecia bem formal e adulto.

E então chegou a nossa vez.

Benjamin tinha descrito para mim o que as pessoas faziam quando chegavam aos guichês de vidro. Ficavam ali por cerca de um minuto, e o homem (eram todos homens, segundo Benjamin) atrás do balcão fazia perguntas. E a pessoa tinha que pôr as mãos em alguma coisa que ele não estava conseguindo enxergar; primeiro uma, depois a outra. Depois disso, seguiam para o saguão onde havia aquelas grandes plataformas giratórias que devolviam as malas.

Benjamin me guiou até o guichê, e usei aquele truque de arrastar os documentos pela borda até encontrar o limite, e os deslizei sobre o balcão.

— Negócios ou turismo? — perguntou uma voz. Tinha um sotaque nova-iorquino muito carregado.

— Eh... turismo.

— Senhorita, tire os óculos escuros durante o atendimento, por favor.

Era aquele tipo de "por favor" de novo. Estava mais para "ou então...".

Obedeci.

Silêncio.

— Olhe para a câmera — pediu o homem, mas eu sabia que ele não estava olhando para mim, mas talvez para a tela do computador, tentando descobrir se éramos terroristas.

— Eh... — hesitei.

Benjamin apertou a minha mão.

— Está no alto à sua esquerda — apontou.

Silêncio. Então:

— A senhorita é deficiente visual?

Pronto.

— Sou — falei.

— Quantos anos a senhorita tem?

— Dezesseis.

— E esse é seu irmão?

— Arrã — confirmei.

— Ei! — Benjamin reclamou.

— Sim — corrigi. — Benjamin é meu irmão.

— E vocês estão viajando sozinhos?

— Sim, mas temos uma carta dos nossos pais. Está bem aqui no envelope.

Houve um farfalhar de papéis.

— Esta carta não está assinada.

Gelei por dentro. Claro que precisava estar assinada. Apenas nunca tive que fazer nada disso antes, então nem passou pela minha cabeça.

— Hum, bem, minha mãe deve ter esquecido, e meu pai não poderia assinar mesmo, porque ele está aqui.

— Ele está aqui? — perguntou Benjamin, e puxou minha mão enquanto olhava ao redor.

— Calma, menino — mandou o homem atrás do balcão. Sua voz estava um pouco acima de mim, e ele parecia muito severo. — Esperem aqui.

Benjamin sossegou.

— Quero dizer, ele está aqui em Nova York, então não poderia assinar a carta.

Então comecei a exagerar:

— Na verdade, ele está lá fora agora. Esperando a gente.

— Ele está lá fora? — gritou Benjamin.

— Sim, claro que está — confirmei.

O homem ficou mais um bom tempo em silêncio.

— Papai está aqui? — perguntou Benjamin.

— Shh. Deixa o moço fazer o trabalho dele.

— Ele está falando com outra pessoa — explicou Benjamin. — No guichê do lado.

Se isso fosse verdade, ele estava falando tão baixinho que não dava pra escutar nada. Tentei parecer o mais inocente possível, algo que eu não tinha a menor ideia de como fazer. Tinham me dito inúmeras vezes que o que mais assusta as pessoas que enxergam é que os cegos não olham para nada. Eles simplesmente fitam o vazio. Eu tinha me esforçado bastante para entender por que alguém acharia que tínhamos que olhar para alguma coisa, para começo de conversa. Jamais consegui. Mas sei que isso faz as pessoas se sentirem desconfortáveis, e, às vezes, até irritadas, então quando é uma situação importante, faço o melhor que posso para fingir que estou olhando para alguma coisa.

Virei a cabeça na direção de onde tinha vindo a voz do homem pela última vez, e abri meu melhor sorriso não-psicótico enquanto esperava que ele terminasse sua conversa.

Ele terminou, mas não me deu muita explicação.

— Vamos consultar o supervisor sobre a situação de vocês — esclareceu.

Não sabia o que aquilo significava. Mas imaginava que coisa boa não era. Eu me vislumbrei sentada numa sala minúscula, sendo interrogada. Ou pior: esperando enquanto eles ligavam para mamãe. Ou pior ainda: sendo colocada num avião de volta.

— Ponha a palma da mão no leitor digital — pediu o homem, e acrescentou, para Benjamin: — Mostre pra ela onde fica. Primeiro a mão direita.

Benjamin me ajudou a encontrar o leitor, e pus a mão direita nele, depois a esquerda, e esperei a leitura terminar. Acho que era para gravar as digitais, não para ler minha sorte, mas, àquela altura, eu já tinha conhecido minha cota de homem alto e charmoso do dia, e já tinha levado um fora.

— Agora você, garoto — mandou o homem.

Benjamin curtiu:

— Legal! Eu sou o James Bond.

Houve uma breve pausa, e o homem atrás do balcão resmungou.

Ouvi teclas sendo digitadas, primeiro com gentileza, depois um pouco mais enfaticamente.

— Droga — reclamou, e a princípio não entendi. — Vou ter que pedir que se dirijam à cabine ao lado, com meu colega. Estou com um problema no sistema.

— Ah, não — lamentei, bem baixinho.

— Senhorita?

— Nada — emendei. — Nada.

Então fomos posicionados na frente da fila ao lado, e Benjamin teve que pôr a mão no tal leitor de novo, e, por um momento, achei que estivesse tudo bem, mas, quando ele levantou a mão esquerda, conseguiu quebrá-lo também.

Depois de ter dado pane na terceira máquina, um monte de agentes se reuniu à nossa volta, tagarelando. Das filas, as pessoas gritavam, perguntando por que os guichês estavam sendo fechados se o aeroporto estava lotado. Os seguranças, em um tom muito firme, pediam que elas fizessem silêncio ou não seriam admitidas nos

Estados Unidos. Enquanto isso, o homem que tinha nos atendido e vários outros se amontoavam em volta do quarto guichê, e Benjamin teve que pôr a mão nesse leitor também.

Meu coração estava disparado, e rezei para que a quarta máquina fosse mais resistente que as outras.

Era.

Parecia ter resistido ao Efeito Benjamin, e parecia também que, em meio ao caos, o homem tinha esquecido que deveríamos explicar pra alguém o motivo da carta de nossos pais não estar assinada.

Ele nos disse para passar, e Benjamin começou a reclamar, mal-humorado, que aqueles leitores eram um lixo, mas eu agarrei o braço dele e torci para que estivesse indo na direção certa.

— Apenas procure a saída — ordenei. — E não olhe para trás.

O que temos aqui?

— M oça? Quer um táxi. Moça?
Era uma voz de homem, tão americana que parecia um filme.

— Tarifas promocionais! — exclamava ele.

Segurei a mão de Benjamin com mais força e sussurrei:

— Esse homem é taxista mesmo?

— Ele tem um carro — respondeu Benjamin.

— Isso não significa que é legítimo — retruquei.

— O que é isso? — perguntou Benjamin.

— Ele pode não ser um taxista de verdade.

— Então o que está fazendo com o carro no aeroporto?

— Escuta...

Eu estava prestes a tentar explicar quando ouvi alguém dar uma dura no cara, mandando que ele tirasse seu carro dali ou chamaria a polícia. Essa segunda pessoa, fosse quem fosse, falou conosco:

— Táxi, senhorita? A fila é logo ali... Não ande com esses motoristas não autorizados, ouviu bem?

Então estávamos finalmente num táxi, a caminho da Biblioteca do Queens.

Toda aquela história com Benjamin tinha levado séculos, e já eram quinze para as duas. Eu me senti uma idiota por não ter lembrado de como era demorado passar pela imigração nos Estados Unidos, mas não tenho nenhuma recordação sobre leitores de mão da última vez e, mesmo que nós tenhamos passado por isso, devem ter achado Benjamin pequeno demais na época, por isso ele não havia precisado fazer isso antes.

Estava um forno. O aeroporto refrigerado tinha escondido quanto calor fazia naquela tarde de agosto. Eu tinha sentido um bafo quente quando as portas se abriram, e, depois, a sensação de entrar numa sauna; tórrida e úmida. Era até difícil respirar.

O táxi também tinha ar condicionado, o que me deixou contente. Eu estava assustada com aquele calor cruel, e nem tinha levado protetor solar ou...

— Senhorita? — disse o taxista.

Ele não havia me entendido, então tentei de novo:

— Biblioteca Pública do Queens. Main Street, no Flushing, por favor.

— Ah, a Biblioteca do Queens — confirmou, e então partimos.

— Você não tinha dito que papai estava esperando a gente? — interpelou Benjamin, pela quinta vez. — Você disse que ele estava do lado de fora do terminal. Por que pegamos um táxi?

— Benjamin. — Tentei explicar. — Benjamin, por favor. Papai não está aqui, ok? Vamos ter que procurar por ele.

— Mas você disse que ele estava no aeroporto.

— Eu tive que dizer isso para aquele homem. Ou talvez ele não fosse deixar a gente passar.

Ele quase não deixou mesmo, pensei.

— Você disse a ele que papai estava aqui. Mas ele não está?

— Não — respondi. — Não está. Vamos procurar por ele, lembra?

— É pra onde estamos indo agora?

— Sim. Quero dizer, mais ou menos. Vamos encontrar o moço que está com o caderno do papai.

— Por quê? Ele sabe aonde papai foi?

Eu não sabia responder. Não queria mentir para Benjamin. Teria sido fácil, mas eu era incapaz de mentir para ele.

— Espero que sim — concluí. — Talvez ele saiba. Ei, como está Stan? Está gostando de Nova York?

— Ele não gosta do calor lá fora. Não tem como tirar as penas.

— Mas aqui dentro está fresquinho.

Ouvi Benjamin conversando com Stan:

— Olhe, Stan. É americano.

Eu estava prestes a corrigi-lo quando me dei conta de que, de certo modo, ele tinha razão. *Era* americano. Eu nunca tinha sentido tanto calor em casa. Mesmo aqueles poucos minutos eram suficientes pra me esgotar. O rádio do táxi estava ligado, e as vozes falavam rápido, com sotaques carregados, exatamente como nos programas de TV. O taxista dirigia rápido, costurando de um lado para o outro, acelerando e parando de repente, tudo muito diferente do jeito arrastado dos motoristas de Londres.

Verifiquei as horas.

Já eram duas da tarde.

— Falta muito? — perguntei ao motorista, mas ele não respondeu.

Tentei de novo, mais alto, e dessa vez ele ouviu.

— Não, estamos chegando.

Virei para Benjamin e, considerando o quanto tive que gritar para o taxista me ouvir, me senti à vontade para falar de dinheiro.

— Benjamin.

— Quê?

— Preciso da sua ajuda.

— Stan também pode ajudar?

— Ele é bom em fazer contas?

— Super. Corvos são muito inteligentes.

— Bom. Porque preciso separar nosso dinheiro. Eu deveria ter feito isso no avião, mas...

Mas havia outras distrações no voo.

Tirei o maço de notas da minha bolsa. Eu havia sacado quinhentos dólares num caixa eletrônico no aeroporto. Tinha sido bem complicado. Estou meio que acostumada a usar o caixa eletrônico que minha mãe frequenta, no fim da nossa rua, mas cada um funciona de um modo ligeiramente diferente, e naquele dava para sacar em libras, euros ou dólares. Precisei que Benjamin me ajudasse, mas ao mesmo tempo não podia deixá-lo encostar em nada, com medo de que quebrasse a máquina. Alguns botões vinham com instruções em braile, mas não todos. Uma vez alguém me disse que as portas dos banheiros nos trens têm placas em braile, mas aquilo era novidade para mim; nunca deparava com uma assim. E tinha mais uma coisa que o caixa eletrônico não esclarecia: como eram divididos esses quinhentos dólares.

Então, no táxi, mostrei todo o dinheiro para Benjamin.

— Aqui — sinalizei. — Todas têm o mesmo valor?

— Não, são diferentes.

— Mas todas têm o mesmo tamanho — argumentei. — Você tem certeza?

— Sei que têm o mesmo tamanho, mas têm números diferentes nelas.

Ele tirou as notas das minhas mãos.

— Não perca nenhuma! — alertei, pensando que ele poderia deixar cair alguma no chão.

— Não vou perder — resmungou ele, parecendo meio irritado.

— O que temos nesse bolo?

— Shh, estou contando.

— Benjamin...

— Temos três dessas. De cem dólares cada.

— Certo.

— E temos três dessas. São de cinquenta.

— Até agora são quatrocentos e cinquenta dólares.

— E tem duas de vinte e uma de dez.

— E são todas do mesmo tamanho?

— São, você não consegue sentir?

— Claro que consigo — respondi. — É que isso dificulta muito para mim.

— Por quê? — perguntou Benjamin, mas ele entendia. — Ah, claro. Nossas notas têm tamanhos diferentes?

— Os euros também — completei, pensando na viagem para esquiar. — Não tem importância. Me passa as de cem, por favor.

Ele puxou minha mão e pôs o dinheiro nela. Dobrei bem as notas, guardando tudo no bolso direito da minha calça.

— Agora as de cinquenta.

Essas foram para o bolso esquerdo, e segurei as de vinte numa das mãos e a de dez na outra até o táxi parar.

— Biblioteca Pública do Queens! — anunciou o motorista. — Vinte e dois dólares e oitenta centavos.

Entreguei uma nota de vinte e uma de dez, e esperei com a mão estendida. O motorista me devolveu algumas notas e duas moedas, e saímos do táxi. Só quando ele foi embora me lembrei de que deveria ter dado uma gorjeta.

Não sabia quais notas ele tinha me dado de troco, apenas que somavam sete dólares e vinte centavos, mas já estávamos atrasados e eu não quis perder tempo separando, por isso o entreguei tudo a Benjamin e guardei a outra nota de vinte no bolso de trás.

— Aqui — ofereci. — Guarde isto para mim, por favor. Está vendo algo parecido com uma biblioteca?

Percebi que Benjamin estava se virando para olhar.

— Ah, estou. Uau!

Que doido lelé

Que motivo há para as pessoas serem como são? Papai diz que a maioria das pessoas nem se conhece direito, muito menos aos outros. Então, o motivo de o Sr. Walker ser como era continuava um mistério, mas eu tinha gostado dele. Então, quem se importa?

ᎷᎷᎷ

— Você está bem? — perguntei a Benjamin, quando entramos na biblioteca. Ele parecia quieto demais.

— Humm... — murmurou.

— O que isso significa?

— Que estou cansado. Você se lembra de falar que o tempo aqui é diferente? Então, já é meia-noite ou quase isso...?

— Benjamin — expliquei, com firmeza. — Mesmo se estivéssemos em Londres, seriam apenas sete da noite. Se eu mandasse você ir pra cama às sete, você iria rir da minha cara. Mas aqui são duas horas da tarde, e é assim que vamos pensar daqui pra frente, tudo bem?

Eu também estava exausta. O voo tinha sido cansativo, e o calor tornava mais difícil raciocinar. Disse a mim mesma que só teríamos que atravessar aquela tarde, pra conseguir ter forças até chegar ao fim do dia. Também estávamos usando roupas demais, então tirei meu casaco de capuz e fiz Benjamin tirar o dele também, e guardei ambos na mochila.

— Tudo bem, Laureth.

— Que bom.

— Mas Stan está cansado.

— Bem, ele pode tirar um cochilo, se quiser, mas nós temos que encontrar o Sr. Walker.

— Como vamos fazer pra encontrar com ele?

— Ele que vai nos encontrar.

— Como?

— Descrevi pra ele como nós somos.

Benjamin parou de andar.

— Mas este lugar é enorme. E está lotado.

Dava para ouvir o desespero em sua voz.

— Dá pra ver uma sala cheia de mesas com pessoas lendo?

— Sim. É depois dessas portas.

— Então vamos em frente — instruí, e já estávamos entrando quando ouvi uma voz de criança, bem do meu lado:

— Vocês conhecem Jack Peak?

Parei na mesma hora, porque ninguém me conhecia em Nova York.

— Quem é você? — perguntei, me virando na direção da voz.

— Achei que isso fosse óbvio. Vocês conhecem Jack Peak? Foi ele que os enviou? Deve ter enviado. Você está com o menino de 7 anos e o pássaro.

— Você... — comecei. — Você é o filho do Sr. Walker? Me desculpe pelo atraso, mas...

— Não sou o *filho* do Sr. Walker — esclareceu ele. — Eu sou o Sr. Walker.

— Sr. Walker? Michael Walker? Ah, desculpe, mas você parece uma criança.

— Não sou criança. Tenho 12 anos. *Isso* é uma criança.

— Ei! — protestou Benjamin.

Tentei não rir.

— Você se apresentou como Sr. Walker. Me desculpe. Achei que fosse adulto, só isso.

— É simplesmente um nome que deixamos a sociedade nos impingir, não concorda?

Eu não sabia o que dizer. Ele podia ter 12 anos, mas sem dúvida falava como adulto. Mais precisamente, um adulto de 1872.

— Era com você que eu estava trocando e-mails? — perguntei. — Você encontrou o caderno?

— Encontrei — respondeu ele. — Encantado em conhecê-la. Pode me chamar de Michael.

Estiquei minha mão o mais rápido que pude. Se você consegue fazer antes, a outra pessoa tem que apertar a sua mão, e não o contrário.

— Laureth. E este é Benjamin.

— Olá, Benjamin. Como vai?

— E este é Stan — completou Benjamin.

— Boa tarde, Stan — cumprimentou Michael, e comecei a gostar um pouco mais dele.

— Você está com o caderno?

— Estou. Que tal procurarmos um lugar mais discreto para levar a cabo nossa transação?

Então passei a gostar dele um pouco menos. Eu não queria ser levada pra nenhum lugar por um garoto que havia acabado de conhecer, ainda mais quando achei que fosse encontrar um adulto.

— Olhe, Sr. Walker. Michael. Aonde estamos indo? Eu só quero o caderno e estou com o dinheiro da recompensa, então podemos...

— Minha querida Laureth — começou ele. — Por favor, não fique assustada. Mas devo adverti-la de que não é aconselhável ser visto manuseando uma soma de dinheiro num lugar tão público. Você age como se não confiasse em mim.

— Bem, para ser sincera, você deveria ser um adulto e...

— Por que eu deveria? Você que supôs isso. Prefiro que pessoas às quais ainda não tenha me apresentado formalmente se dirijam a mim como Sr. Walker.

Mais uma vez, perdi a fala.

— Você mesma, pelo que parece, não é tão velha quanto eu esperava. Nem tem o mesmo nome. Nem é do mesmo sexo.

— Está certo — concordei. — Eu cuido dos e-mails do meu pai, só isso. Achei que deveria recuperar o caderno para ele.

— Por que ele não veio pessoalmente? Ele costuma mandar os filhos saírem pela cidade sozinhos?

— Não, não — respondi. — É só que... Olha só. Desculpa, você está certo. Vamos sentar em algum lugar menos barulhento.

Então ele nos guiou para fora da biblioteca, de volta ao calor escaldante da tarde. Dava pra sentir o cheiro da cidade murchando; o exaustor dos carros; até o cheiro do asfalto derretendo sob nossos pés.

Ele nos levou para a lateral do prédio, onde sentamos num banco na sombra, mas ainda era difícil de respirar com aquela umidade.

— Calculei que cinquenta libras equivalem a setenta e nove dólares. Você pode arredondar para oitenta, se quiser, considerando que tive que sair numa tarde tão quente.

— Posso, não é? — ironizei. — Apenas me dê a porcaria do caderno e pode ficar com cem dólares se quiser.

— Cem...! — exclamou Michael, e por um segundo vi que devia haver mesmo uma criança debaixo daquela fala rebuscada. Mas ele se recompôs depressa. — Muito bem. Pois aqui está.

Estendi os braços, mas antes que conseguisse encontrar o caderno, Benjamin pegou minhas mãos e as colocou sobre a capa.

— Benjamin? — perguntei.

— Sim, é ele mesmo — confirmou meu irmão.

— Tem certeza?

— Há algum motivo especial para que você precise da palavra do seu irmão caçula a respeito disso? — perguntou Michael, de volta ao personagem.

— Há, sim — respondi. — Não enxergo. Sou cega.

— Ah — respondeu Michael. — Mais uma coisa que você não me contou.

— Não sei por que deveria ter contado.

— Assim como não sei por que seria relevante eu mencionar que sou um jovem adulto.

— Você já me convenceu disso — retruquei.

Peguei uma das notas de cem no bolso direito.

— Meu pai é um homem generoso. Tenho certeza de que ficaria feliz em lhe dar os vinte e um dólares extras.

— Você ainda não me disse por que ele não veio pessoalmente.

— Tem razão — concordei. — Eu não disse. Enfim, pelo dinheiro extra, será que você poderia me dizer onde encontrou o caderno?

— Tem importância?

— Muita.

— Por quê?

Mas era justamente essa parte que eu não queria contar pra ele. Eu tinha acabado de conhecê-lo, não dava pra sair confiando assim. Ele tinha revelado ser um pateta de 12 anos que falava como se tivesse pulado diretamente das páginas de um romance de Charles Dickens. E eu estava começando a entrar em pânico por causa da situação em que havia nos metido; viajar para os Estados Unidos sem um plano ou nem mesmo uma passagem de volta. O que eu estava pensando? Eu sabia que estava brava com a minha mãe, mas naquele momento esse parecia um motivo bem estúpido.

Também estava preocupada com papai; não só que ele tivesse desaparecido, mas que talvez algo pudesse ter acontecido com ele. Como eu poderia saber que aquele garoto peculiar não tinha nada a ver com aquilo? Ele estava com o caderno, afinal de contas.

Tentei manter minha voz mais calma do que de fato me sentia.

— Importa muito. Onde você o encontrou?

— Apenas o encontrei.

— Isso você disse no e-mail. Mas onde?

Michael suspirou.

— Não faz sentido nenhum para mim, e provavelmente tampouco para você. Eu estava sentado entre umas árvores, perto dos trilhos do trem, num terreno baldio na

Baisley Boulevard. Gosto de ir até lá nos dias em que não faço questão de ir à escola. Vou nas férias também. É silencioso, escuro e ninguém... Enfim, eu estava sentado lá ontem de manhã relendo *Orgulho e Preconceito* quando o caderno caiu do céu nos meus pés. Despencou pelo meio das árvores. É tudo que sei. Então enviei o e-mail para você. E cá estamos.

— Ele caiu? Do céu?

— Como eu disse.

Hesitei. Não podia ser só isso. Eu tinha que fazer com que ele me contasse mais, porém sem revelar nada sobre papai. Não na frente de Benjamin, pelo menos.

— Benjamin, você ainda está com o dinheiro do táxi?

— Arrã.

— Sim, Laureth — corrigi, chateada comigo mesma por parecer tão chata, mas Michael emendou:

— Muito bem!

— Sim, Laureth.

— Ótimo. Você consegue ver daqui algum lugar na rua que venda bebidas?

— Sim. Tem um quiosque.

— É perto?

— Sim, claro.

— Que bom. Vá até lá e traga algo para a gente beber. Se quiser, compre alguma coisa para você comer também. Ok?

— Ok — concordou ele, e em seguida entreguei a outra nota de vinte, para que tivesse dinheiro suficiente.

— Por que você fez isso? — perguntou Michael, depois que Benjamin se afastou.

— Por favor — pedi. — Por favor. Tem como você ficar de olho? Ele é sensato, mas...

— Perfeitamente — aceitou Michael.

Então comecei a contar toda a história para ele e, depois que comecei, não consegui mais parar.

— Olha só. A questão é que... Nosso pai desapareceu. Sei que ele está em Nova York porque teria que estar, para você ter encontrado o caderno dele. Minha mãe não se importa, e Benjamin não compreende, mas eu sei que ele está aqui e quero encontrá-lo. Estou muito preocupada, mas não posso dizer isso a Benjamin, porque não quero assustá-lo, então, por favor, por favor, se você souber de mais alguma coisa, qualquer coisa, me conte.

Michael ouviu tudo e depois falou:

— Sinto muitíssimo por ouvir isso. Juro que não sei de mais nada. Lamento.

Eu estava tão cansada e assustada que não sabia o que fazer em seguida.

— Benjamin está voltando — disse Michael baixinho. — Mas tem mais uma coisa. Como você sabe, folheei o caderno, de início para averiguar seu conteúdo, mas também para fotografar algumas páginas, que lhe enviei por e-mail à guisa de confirmação. Havia o recibo de um bar no interior da capa, o recibo de um hotel.

— Um hotel? Você acha que é onde ele está hospedado?

— Isso não temos como saber, mas sem dúvida significa que pelo menos ele passou por lá. Que tal ir até lá perguntar?

Benjamin se aproximou.

— Quer um pouco de água, Michael? — ofereceu, e fiquei orgulhosa por ele se mostrar tão educado.

— Obrigado, Benjamin.

Ouvi Michael se levantar.

— Boa sorte com... com tudo. O nome do hotel é The Black King. Fica em Manhattan.

— Como faço para chegar lá?

— Um táxi vai resolver. Você parece ter o suficiente dessas cédulas novinhas. A propósito — acrescentou ele —, eu tomaria mais cuidado ao manuseá-las por aí.

— Vou tomar — prometi, embora me sentisse uma idiota, tomando sermão de um garoto de 12 anos.

— Boa sorte. Adeus, Benjamin, Stan.

O som de seus passos desapareceu no barulho do trânsito quando nos aproximamos da rua.

— Bem — continuou Benjamin. — Vamos encontrar papai agora?

— Sim — respondi. — Vamos.

Torci para soar mais confiante do que de fato me sentia.

— Laureth?

— O que foi?

— O Sr. Walker era um doido lelé, não era?

Eu caí na risada.

— Onde foi que você ouviu uma coisa dessas?

— Foi o cara que me vendeu a água que disse. Perguntou se éramos amigos do Michael. Disse que ele está sempre por aqui.

— Talvez ele não seja mais maluco que o resto de nós — ponderei, e mais uma vez lembrei do que papai costuma dizer: quem sabe por que somos como somos?

Então Benjamin me indicou a hora certa de estender o braço e, em pouco tempo, estávamos em outro táxi, seguindo em direção a Manhattan, a caminho do hotel The Black King.

No caminho, fiz Benjamin me dizer a data e o horário que estavam no recibo. Era de quinta-feira à noite, por volta de onze horas. Apenas dois dias antes. Parecia estranho, uma sensação de quase ter encontrado papai e depois tê-lo perdido. Tão perto. Tão perto que parecia que eu poderia esticar a mão e tocar nele. Mas não era verdade. A essa altura, ele poderia estar em qualquer lugar do mundo.

Então fiz Benjamin começar a ler o caderno do papai, do início, à procura de qualquer coisa, *qualquer coisa*, que pudesse nos levar até onde ele estivesse.

Ele começou a ler, do início, como papai teria dito, e desde a primeira página ele falava muito sobre um homem. Um homem chamado Carl Jung.

NÃO SABIA NADA

"Nunca soube de nada!"
Ao que parece, foi isso que Freud disse certa vez sobre Jung, e ainda assim os dois eram grandes amigos.

* * *

Pode ser uma boa ideia incluir alguma coisa a respeito de Jung.
Carl Jung e Sigmund Freud são praticamente responsáveis pelo surgimento da psicanálise. Viajaram juntos pelos Estados Unidos em 1908 para dar palestras sobre o assunto.
Então a amizade deles termina e Jung desenvolve novas ideias, partindo numa nova direção. Seu trabalho se torna mais misterioso, mais místico, envolvendo não apenas a psicanálise, mas física quântica, assim como religião e mitologia. OVNIs.

Uma mandala

Nos anos 1920, desenvolve suas ideias sobre sincronicidade, mas não escreve sobre elas até o início da década de 1950, trinta anos depois.

Jung é um dos poucos pensadores a desenvolver um trabalho sério sobre coincidência, usando a estatística como instrumento para investigar se há alguma verdade por trás da astrologia. Seus resultados foram inconclusivos, e ainda são contestados. Então ele começou a observar o fenômeno da coincidência sob um novo ângulo.

AINDA HÁ ESPERANÇA PRA MIM

* * *

Ele chamou de sincronicidade um "princípio de conexão" entre as pessoas, objetos ou acontecimentos; ou, na verdade, qualquer combinação dessas três coisas. Ele afirmava que as conexões que ocorrem durante uma coincidência não se devem a uma "causa e efeito", mas que são "acausais", o que significa que uma coisa não CAUSOU a outra. Portanto, em vez de CAUSALIDADE, ele explicou que as coisas poderiam estar conectadas por seu SIGNIFICADO; então, a ligação entre ver a imagem de um salmão bem na hora em que você está conversando com um homem chamado Salmon é que eles dividem o mesmo significado.

Humm.

A primeira vez que Jung pensou em coincidências foi muito antes disso. Um dia, ele estava atendendo uma paciente que havia sonhado com um escaravelho e, justo na hora em que ela estava lhe contando o sonho, um escaravelho bem parecido passou rastejando pela janela do consultório. Ele achou aquilo muito estranho, e assim começou sua obsessão com coincidências, que durou a vida inteira.

Ele discutiria isso com outro grande homem de seu tempo e acabou influenciando muitos outros pensadores.

Primeiro discutiu o assunto com Albert Einstein, numa série de jantares entre 1909 e 1913, em Zurique. Einstein disse a famosa frase: "Deus não joga dados com o universo." Com isso, ele queria dizer que o universo tem regras fixas e tudo o que você precisa fazer para compreendê-lo, e tudo nele contido, é descobrir que regras são essas.

Einstein também disse: "Coincidência é a maneira de Deus permanecer anônimo."

O que ele quis dizer com isso?

Talvez que não achasse que coincidências tivessem qualquer significado mais profundo. Ele estava achando graça das pessoas que acreditavam que sim — pessoas que interpretam coincidências como pistas para significados ocultos do universo, algum conhecimento profundo, algum grande segredo arcano e oculto.

Mas será verdade mesmo?

Quando todas as sensações que envolvem as coincidências nos dizem que ELAS SIGNIFICAM ALGUMA COISA, pode ser que sim.

OBRIGADO, ALBERT, MUITO OBRIGADO

Todos sabemos que elas têm um significado. Simplesmente sentimos isso.

Mas o que seria?

Qual é esse significado?

Num hotel novo

Quis ignorar que o medo tinha começado a me invadir, mas era impossível. Sabia que estava lutando contra ele. Tentando impedir que ele me dominasse. Sabia que eu tinha sido irresponsável. Na verdade, sabia que o que eu tinha feito era perigoso, e refleti sobre o tamanho da encrenca em que tinha me metido. Mas sempre que pensava nisso, também pensava no papai. Eu *tinha certeza* de que alguma coisa estava errada. Ele não estava respondendo às minhas mensagens de texto, o que definitivamente era bem atípico. Quando tentei ligar de novo para o celular dele, dentro do táxi em Manhattan, caiu na caixa postal. Era com ele que eu realmente estava preocupada, e, se ao menos eu conseguisse encontrá-lo, não teria importância se depois eu ficasse de castigo.

Benjamin se esforçava para ler o caderno do papai para mim, e não dava pra culpá-lo — as anotações eram estranhas, muito difíceis de entender. Às vezes havia apenas listas de palavras, outras vezes pequenos textos.

De vez em quando, Benjamin lia alguma coisa que não tinha nada a ver com *aquele* livro; como o lembrete que papai tinha escrito dizendo para comprar meu presente de aniversário. Isso era esquisito. Era como ler os pensamentos dele, e não parecia muito honesto, mas não deixava de ser reconfortante. Aquilo me fez lembrar da última vez em que estivemos juntos. Ele estava me levando de volta para o King's College num domingo à noite, algumas semanas antes.

— Vou ficar fora por um tempo — comentou. — Pesquisa de campo.

Para ser sincera, eu estava preocupada com um assunto da escola. Era a semana antes da nossa avaliação de teatro, e eu detesto teatro. Ficar na frente de todo mundo, fingindo ser outra pessoa. Tenho horror.

Acho que papai estava falando alguma coisa sobre a Áustria. Ou talvez fosse Suíça. E então chegamos em casa e corri para dentro antes mesmo de ouvir o carro se afastar. Quando me lembrei desse momento, senti uma dor no peito e tentei focar no caderno.

O conteúdo era tão confuso que se tornou um verdadeiro desafio para Benjamin. Eu estava torcendo para encontrarmos algum tipo de pista, algo que nos levasse diretamente ao papai, mas até então só havia passagens aleatórias sobre Carl Jung e suas conclusões sobre coincidências.

— Por que papai está interessado em conxidenças? — perguntou Benjamin.

— Não sei — respondi. — Porque uma bem importante aconteceu com ele, acho.

— Mamãe disse que ele está obcecado.

Preferi não comentar.

— O que significa obcecado? — Meu irmão quis saber.

Abri a boca, mas fechei em seguida. Então abri de novo e falei:

— É quando você gosta de uma coisa, muito.

Demais, pensei, mas preferi não elaborar.

— Como eu gosto de Stan?

— Não, não exatamente, mais como...

Então Benjamin exclamou:

— Uau!

Era óbvio que tinha visto alguma coisa, e eu não precisava continuar a explicação.

— O que foi? — perguntei.

— Estamos atravessando um rio enorme. Numa ponte grandona. Muito, muito grande mesmo. E tem um monte de prédios bem altos. Igualzinho em *Godzilla*.

— Ah — concluí —, deve ser Manhattan. Daqui a pouco estaremos no hotel. Escuta aqui, Benjamin, será que você pode ler mais algumas páginas para mim?

— Elas são chatas, Laureth. Não quero. Quero ficar olhando para os prédios.

— Eu sei, mas é importante. Nós...

Parei. Benjamin precisava de um descanso. Para ser sincera, eu também. Estava exausta, e o caderno do papai estava queimando meus neurônios. Alguma coisa nele me assustava. Algumas partes pareciam fazer sentido, mas outras eram esquisitas e desconexas, e eu estava preocupada porque o Livro Breu era um reflexo do *estado de espírito* do papai. Mas também, eu nunca soube como eram seus cadernos antes disso. Ele nunca tinha lido nenhum deles pra mim; acho que não deixava nem mamãe dar uma olhadinha. Não que ela estivesse interessada;

pelo menos, não mais. Talvez eles sempre tenham sido assim: fragmentados e estranhos.

Papai está sempre discursando sobre escritores. Como eles conseguem ouvir os personagens falando com eles, e são compelidos a escrever. Diz que, se outras pessoas escutam vozes dentro da cabeça, são geralmente trancafiadas em quartos escuros, bem longe de objetos pontiagudos. Talvez os escritores sejam um pouco loucos mesmo. Talvez qualquer busca que os escritores façam no Google seja suficiente para comprometer uma pessoa normal.

O táxi avançava e parava no trânsito de sábado à tarde. Havia sons de buzinas, de carros e de veículos maiores, e dava pra perceber que a cidade estava agitada.

— O que você está vendo? — perguntei a Benjamin.

— Uau!

Que bom que Benjamin estava feliz. Ele parecia ainda não ter compreendido que fazíamos algo muito incomum, mas ele não era burro e eu me perguntava quanto tempo levaria para se dar conta de que eu não tinha a menor ideia de onde papai pudesse estar. Então provavelmente ficaria chateado e assustado, e eu não iria aguentar. Eu não conseguiria executar nada daquilo sem a ajuda dele, então precisava que ele permanecesse contente. Uma onda de cansaço me invadiu, mas eu tentei afastá-la quando, do nada, um novo pensamento passou pela minha cabeça, um que me assustou mais do que tudo.

Talvez papai não quisesse ser encontrado. Talvez tivesse abandonado mamãe. Talvez ele tivesse largado o casamento, e apenas ainda não houvesse contado para *ela*. Talvez *tenha* contado, e ela que não contou para a gente, Benjamin e eu. Eu sabia que as coisas entre eles não iam muito bem, mas por algum motivo nunca imaginei que eles fossem se separar de fato, talvez porque nunca tenha permitido que essa ideia entrasse na minha cabeça.

O que mamãe tinha dito mesmo?

Neste momento, eu não dou a mínima pra onde seu pai possa estar.

Gelei. De repente a ficha caiu. Eles tinham se separado, não me contaram, e então senti muitas coisas ao mesmo tempo; medo, raiva, vontade de chorar, mas não podia, porque tinha que pensar em Benjamin. Eu tinha que segurar a onda, mas então o táxi parou de novo e dessa vez o motorista murmurou alguma coisa.

— Como? — perguntei.

— Trinta e cinco dólares e quarenta centavos.

Eu não havia preparado o dinheiro ainda.

— Benjamin, quanto você tem?

Juntos, separamos o dinheiro, mais uma gorjeta.

— De que lado fica a calçada? — perguntei a Benjamin.

— Do seu.

— Bem, então desce por aqui, comigo.

Saltamos.

— Está vendo o hotel? O nome é...

— The Black King — falou Benjamin. — Eu sei. Tem um desenho enorme de uma carta de baralho na porta. O rei de espadas.

Benjamin segurava minha mão e começou a me puxar. Puxei-o de volta.

— Presta atenção, Benjamin. Quero que você me deixe cuidar de tudo aqui, certo?

— Por que, Laureth?

— Porque sim. Mas quero que me guie melhor do que nunca. Por favor. Precisamos encontrar a recepção.

— Laureth, tá muito quente.

— Eu sei. Lá dentro vai estar mais fresco. Eles têm ar-
-condicionado. Vem logo. Pegou Stan?

— Peguei.

Entramos, meu coração já disparando porque essa era nossa única pista e, se descobríssemos que papai não estava ali, eu iria sentar e chorar.

Apesar de ter bebido toda a garrafa de água que Benjamin tinha comprado para mim, minha garganta estava seca, e outra onda de cansaço veio e foi embora. Cruzamos as portas, que resolveram se vingar e me acertar no ombro, e então fomos saudados por um paredão de ruídos e um golpe gelado do ar condicionado.

O barulho das pessoas falando era quase opressivo.

— Onde estamos? — gritei para Benjamin, e mesmo assim ele me ouviu como se eu falasse normalmente.

— Parece uma cafeteria, um bar ou algo assim. Tem *milhares* de pessoas.

Achei que ele devia estar exagerando um pouco, mas talvez não muito.

— Tem certeza de que estamos no hotel?

— Tenho.

— Dá pra ver onde fica a recepção?

— Dá, é bem ali — disse ele. — Eu acho.

— Você acha?

— Estou fazendo o meu melhor — explicou ele. — Não tem como saber. Tá muito escuro aqui.

Até eu conseguia perceber isso.

Benjamin começou a me conduzir para a recepção. Em seguida, paramos.

— Fila — esclareceu.

Esperamos por um minuto, e ouvi um monte de conversas e gargalhadas no saguão. A música tocava bem alto, algo com uma batida estranha que parecia parar, hesitar e começar de novo.

Benjamin apertou minha mão e me levou até o balcão.

Uma jovem voz masculina nos cumprimentou:

— Oi. Meu nome é Brett. Como posso ajudá-los?

Ele parecia simpático, mas eu estava nervosa. O que aconteceria se papai não estivesse hospedado ali? O que aconteceria se ele estivesse?

— Eh... bem, oi — cumprimentei. — Acho que o Sr. Peak está hospedado aqui. Jack Peak?

Não demorou mais de dois segundos para Brett responder, mas pareceu uma eternidade.

Por favor, desejei. Por favor. Por favor, faça com que ele esteja aqui.

— Bem, sim, está.

Não pude conter um sorriso.

— Que bom — respondi. — Que bom.

Apertei a mão de Benjamin.

— Papai está aqui? — perguntou ele.

— Shh — sussurrei, depressa. — Você sabe que sim. Lembra o que eu te falei?

— Senhorita?

Era Brett, atrás do balcão.

Havia uma leve hesitação em sua voz, e percebi que os hotéis têm regras sobre dar informações a respeito de seus hóspedes.

— Ah, tudo bem. Ele é nosso pai. Viemos encontrá-lo. Ele está aqui, e viemos ficar com ele.

— Não temos registro de outros hóspedes na reserva — disse Brett.

— Ah, típico do papai — comentei. — Ele deve ter se esquecido de avisar. Nós chegamos à cidade hoje. Para encontrá-lo. Estávamos... no norte.

Não sei por que eu disse aquilo. Mas disse, e parecia plausível, e me fez sentir que estava tudo sob controle.

— Estávamos onde? — perguntou Benjamin, e apertei a mão dele com tanta força que devo tê-lo machucado, mas ele ficou calado.

— O Sr. Peak não está aqui neste momento — informou Brett.

— Mas ele nos disse para encontrarmos com ele aqui, hoje à tarde. Será que teria como arrumar uma chave para nós? Assim podemos subir e esperar.

Houve outra pausa.

— Posso ver seus documentos, por favor?

Mostrei nossos passaportes, e ele voltou a ser gentil.

— Ótimo — respondeu.

Eu não conseguia entender o que era tão bom, mas Brett ainda não havia terminado.

— Adoro os livros do seu pai. Aqueles divertidos, os que ele costumava escrever.

— Arrã — concordei. — Então pode nos dar uma chave, por favor?

— Sim, claro — afirmou Brett. — Só uma coisa. Por segurança. Vocês devem saber em qual quarto seu pai está hospedado. Ele deve ter dito.

Faltava tão pouco. Eu não sabia o que responder.

— Peço desculpas por perguntar — prosseguiu Brett. — Mas temos algumas... É o seguinte, o gerente nos pediu para tomar um cuidado extra com a segurança do local agora. Claro que, se vocês não souberem o número, podem ligar para o seu pai e...

— O telefone dele não está funcionando — me desesperei —, e não sabemos o número do quarto, mas por favor...

— Sabemos, sim — interrompeu Benjamin. — Sabemos o número.

— Benjamin... — comecei, em tom de advertência.

— Sabemos qual é o quarto. Você deve ter esquecido. É o 354.

— Benjamin...

— É isso mesmo — confirmou Brett, animado.

Segundos depois ouvi um cartão de plástico batendo no balcão de metal da recepção.

Fiquei chocada com o que tinha acontecido.

— Está tudo correto — disse Brett. — Tenham um bom dia. Os elevadores ficam logo atrás de vocês. Terceiro andar.

Tateei em busca do cartão, e Benjamin nos conduziu ao elevador antes que alguém pudesse nos deter.

— Como você sabia? — perguntei, enquanto as portas se fechavam, abafando o barulho do saguão.

— Porque esse é o número do papai, não é? O número da conxidença.

— Sim — respondi. — Mas isso não significa que ele está hospedado nesse quarto.

— Significa, sim — insistiu Benjamin. — Ele me disse. Sempre pede para ficar nesse quarto quando se hospeda num hotel. Se eles tiverem um quarto 354, quero dizer.

— Benjamin, você é uma pessoa totalmente incrível — comemorei, rindo.

Ele me abraçou, e as portas do elevador se abriram.

— Uau — espantou-se. — É ainda mais escuro aqui.

Ele pegou minha mão, e saímos do elevador para um corredor acarpetado silencioso, procurando o quarto 354.

Como Benjamin disse bem, 354 é o número da coincidência de papai.

Quero dizer, conxidença.

Eu estava muito feliz.

Papai estava ali. Hospedado no hotel. Mesmo que tivesse dado uma saída naquele momento, estávamos quase lá. Nós o havíamos encontrado.

354

Ter um número da sorte como esse é bem estranho, mas papai diz que não é assim que essas coisas funcionam.

Fazia séculos que ele tinha essa coisa com o número 354. Ele diz que a primeira vez que começou a perceber a presença do número foi há muitos anos, quando era adolescente, e que o vê tantas vezes, com tanta frequência, que não tem como não significar alguma coisa.

Ele o chama de *meu* número, ou, às vezes, apenas *o* número. Como se não houvesse outros números no mundo, o que, é óbvio, passa longe de ser o caso. Existe uma quantidade infinita de números, pelo menos foi o que nosso professor de matemática nos fez acreditar.

Há algum tempo, papai decidiu registrar todas as vezes que esbarrava nesse número. Ele voltou a pensar nisso em sua primeira viagem a Nova York, já como autor publicado. Ele foi indicado a algum prêmio literário, e haveria um grande jantar para a entrega em Manhattan. O editor mandou uma limusine buscá-lo no aeroporto, e havia um número de três dígitos na placa: 354.

Ele fez check-in no hotel que o editor tinha reservado, e a garota da recepção lhe entregou a chave do quarto, sim, isso mesmo: 354.

Desde então, como descobrimos no Livro Breu, ele registrou todas as ocasiões em que viu o número; são quatro páginas cheias, com a letra apertada, segundo Benjamin. É como se papai estivesse montando uma coleção. Como se, preciso admitir, ele estivesse obcecado.

A sequência surge em telefones, armários, exemplares de edições limitadas, total de páginas dos livros, número de voos, preços, endereços e versões de software. Em suma: aparecia de todas as formas que um número poderia aparecer; frequentemente mais de uma vez.

Papai acha que ele aparece mais do que qualquer outro número, e isso deve significar alguma coisa.

Falei que ele só *acha* que está encontrando especificamente essa sequência mais vezes porque fica procurando por ela. E que, se por acaso se concentrasse em um número diferente, então passaria a ver esse outro mais vezes.

— Entendo o que você está dizendo — afirmou ele. — Todos os dias somos bombardeados por números, em geral longas sequências de números de telefone. E, sim, você está certa, às vezes vejo 354 no meio e me concentro nele. Mas então me diga, por que vejo tanto esse número quando se trata apenas de três dígitos? As chances de esbarrar com 354 em vez de qualquer outro número de três dígitos são de uma em 899, certo? Em 899 chances, todos os números de 100 a 999 deveriam aparecer uma vez. Não é?

Depois de uma pausa, ele acrescentou:

— Eu juro para você que vejo 354 mais do que uma vez em 899.

Achei que tivesse pegado ele nessa.

— Ah, claro — emendei. — Se houvesse chances iguais de cada número aparecer. Mas não há.

— Não?

— Não. Por exemplo, os armários na piscina. Sempre que posso escolho o último, assim posso saber onde minhas coisas estão. Mas Benjamin procura o maior número disponível, mas eles só vão até os duzentos e poucos.

Papai estava pensando. Eu sabia.

— Você levantou uma questão interessante. Quando fiquei no quarto 354 em Nova York na ocasião do prêmio... O hotel só tinha cinco andares de apartamentos, então o número mais alto que poderia haver seria 599.

— Exatamente. Sequências numéricas sempre começam com 1, certo? Então deve ter mais chances de aparecerem números baixos no mundo do que números altos.

— Laureth — disse ele —, talvez você tenha acertado na mosca. Mas ainda acho que meu número aparece mais do que deveria. De todo modo, vou pesquisar o que você concluiu.

Se papai diz que vai fazer alguma coisa, ele faz. Normalmente.

Então ele procurou um velho amigo professor de matemática, que lhe contou duas coisas, que papai anotou no caderno. Sei disso porque foi uma das páginas que Michael Walker havia mandado por e-mail e que Benjamin tinha lido pra mim no aeroporto.

ᴍᴜᴜ

Primeiro, ele confirmou para papai que eu estava certa. Fiquei muito feliz comigo mesma, mas ele também revelou que uma coisa muito esquisita acontecia com os números e tinha levado o nome de Lei de Benford.

Lei de Benford: uma teoria muito estranha.

Suponha que você tenha uma grande variedade de números, como o valor de mil contas de luz, ou a extensão dos rios da América do Sul, ou as taxas de mortalidade na Ásia, ou o valor de ações da Bolsa, ou dados populacionais.

Você pode achar que haveria a mesma chance desses números começarem por 1 ou por 9. Ou com qualquer outro número. Afinal, qualquer número pode começar com qualquer um dos nove dígitos, então todos têm a mesma chance de ser o primeiro algarismo, certo?

Bem, supostamente, não. <u>Supostamente</u> 1 aparece como o primeiro dígito 30% das vezes, ao passo que 9 vai ser o primeiro dígito em apenas 5% dos casos. E, entre eles, os números de 2 a 8 aparecem em uma determinada frequência decrescente; então o 2 aparece 17% das vezes, 3 cerca de 12% e assim por diante, até o pobre 9, com apenas 5%.

Bem inusitado.

* * *

Ah! Você poderia dizer.

Ah! Tive uma ideia! Tem a ver com as unidades de medidas envolvidas, que de certa forma induziriam a presença de algarismos mais baixos.

* * *

Mas aí está o mais estranho de tudo: mude as unidades que está usando para medir os rios, de milhas para quilômetros, e o resultado é o mesmo. Mude a taxa de mortalidade anual para mensal, e o resultado é o mesmo. Não importa. O universo simplesmente favorece os números mais baixos, por algum motivo. Há poucas explicações sobre a veracidade da Lei de Benford, mas nem todo mundo concorda. É meio que um mistério.

A Lei de Benford é tão pouco conhecida e tão mal compreendida que tem sido usada até mesmo em tribunais para pegar pessoas culpadas por fraudes. Por exemplo, se tentam inventar valores falsos para registrar na contabilidade da empresa, acham que vão fazer parecer mais verossímil se os primeiros dígitos estiverem igualmente distribuídos entre os nove algarismos com os quais um número pode começar. Mas essa é uma percepção errada e, como resultado disso, os advogados mais inteligentes já conseguiram mandar vários ladrões para a cadeia.

Num quarto vazio

Olhos bons não poderiam me deixar mais animada. E, embora nunca tivesse me sentido tão cansada, parecia que tínhamos conseguido. Eu podia estar sendo ingênua, mas sentia como se tivéssemos achado papai, ou quase, e eu estava desesperada para encontrá-lo e ter certeza de que estava tudo bem.

— Está vendo o 354? — perguntei a Benjamin quando saímos do elevador.

— Tá difícil — respondeu ele. — O corredor é muito escuro. Não tem nenhuma lâmpada.

— Deve ter algumas.

— Quase nenhuma.

— Deve ter uma placa indicando para que lado ir.

— Eu sei, Laureth — resmungou ele. — Não sou idiota. Mas tá muito escuro mesmo. Esse hotel é o que papai chamaria de descolado.

— O que você quer dizer com isso?

— Não sei. Mas ele falaria isso. Eu sei muito bem.

Ele pegou minha mão, e começamos a descer o corredor.

— Que coisa mais sem sentido! — irritava-se ele, resmungando pelo caminho todo. — É tudo tão escuro. Bem, chegamos.

Benjamin me mostrou onde inserir o cartão de plástico que abria a porta do quarto 354. Tivemos que tentar quatro posições diferentes pra funcionar, até que enfim a maçaneta fez um leve clique e conseguimos entrar.

— E aí? — perguntei fechando a porta atrás de nós.

— O quê?

— As coisas dele estão aqui?

— Estão — afirmou Benjamin. — A mala está na mesa, e o laptop, na escrivaninha. E tem um monte de casacos pendurados numa arara.

Pensei no calor lá fora.

— É típico do papai. Sempre fazendo a mala com as roupas erradas.

— Uau! — exclamou Benjamin. — É enorme aqui. Tem outro quarto atrás de uma porta, onde fica a cama.

Pensei na mamãe e no papai. Lembrei de como ela reclamava que ele gastava dinheiro demais e, dito e feito, estava hospedado em uma suíte num hotel em Nova York. Não deve ter sido uma pechincha.

— Então vamos encontrar papai aqui? — perguntou Benjamin.

— Acho que sim — respondi.

Por enquanto, parecia não ter mais nada a fazer. O telefone dele não estava funcionando; não havia como encontrá-lo. Mas, cedo ou tarde, ele teria que voltar.

E estávamos cansados.

Sentamos na cama por um tempo. Então precisamos usar o banheiro. Fui primeiro, depois Benjamin e, enquanto ele estava lá, fui até onde estavam os casacos.

Fiquei segurando uma das mangas por um bom tempo, como se estivesse tentando provar para mim mesma que ele ainda existia. Levantei a ponta e passei pelo rosto, tentando fazer com que papai se materializasse naquele instante dentro do quarto. Não aconteceu.

Benjamin deu a descarga, e soltei a manga do suéter.

Voltamos a sentar na cama. Estava frio; havia um aparelho de ar-condicionado debaixo da janela, que emitia um zumbido alto, sem parar, mas era gostoso.

No lado de fora, o barulho do trânsito: buzinas e gritos vindos da rua.

Adormecemos, aquelas listas de ocorrências de 354 passando pelas nossas cabeças, mas não me lembro de mais nada depois disso, como se os números tivessem nos hipnotizado.

ᒡᒎᒣ

Acordei com o barulho de alguém batendo à porta.

Tirei meu braço de debaixo de Benjamin, que tinha virado um peso morto.

— Já vai — falei.

E, apesar de não ter dedicado tempo suficiente para memorizar totalmente o caminho, consegui passar do quarto para a saleta e chegar à porta seguindo o som das batidas. Eu não fazia ideia de quanto tempo tinha passado desde que caímos no sono. Pareciam dias.

Verifiquei meu telefone. Apenas quinze minutos.

— Pois não? — falei, abrindo a porta.

— Ah, Srta. Peak? Posso entrar?

Era uma voz de mulher.

Eu tinha me esquecido de colocar meus óculos escuros. Ela perceberia que eu era cega, mas acho que isso não tinha mais importância.

— Meu nome é Margery Lundberg — apresentou-se a mulher, com uma voz que só pode ser descrita como macia. Por isso não fiquei surpresa quando ela acrescentou: — Sou a gerente do hotel.

— Ah, sim... — respondi, já entrando em pânico. — Pode entrar.

Deixei-a entrar e fechei a porta.

— Só um minuto — pedi. — Meu irmão está dormindo. Ele está exausto.

Eu também estava cansada, mas não queria demonstrar. Encontrei o caminho até a porta do quarto e tentei fechá-la. Não consegui. Por algum motivo, ela não se mexia.

— Deixe-me ajudá-la com isso — ofereceu Margery Lundberg. — É uma porta de correr.

Eu senti a moça passar por mim, e ouvi a porta deslizar com facilidade.

— Há algum problema? — perguntei.

É claro que alguma coisa estava errada. Por qual outro motivo ela estaria ali?

— Não — respondeu, daquele jeito significando "sim". — Nada, apenas fiquei sabendo por Brett, da recepção, que vocês vieram se hospedar com o seu pai aqui no nosso hotel.

— Sim — afirmei, no tom mais tranquilo que consegui. — Acabamos de chegar.

— Brett disse que você tem... 16 anos, senhorita?

— Isso.

— E sua mãe está aqui também?

— Ah, ainda não. Ela está a caminho. Deve chegar mais tarde, acho.

— Você acha?

— Sim. Algum problema, Sra. Lundberg?

— Pode me chamar de Margery — pediu ela. Com a voz tranquila. — Apenas gostaria de esclarecer que temos uma regra a respeito da permanência de menores desacompanhados no hotel.

— Menores? Ah, você quer dizer... Mas não estamos desacompanhados. Meu pai está aqui.

— Seu pai fez check-in ontem, mas não dormiu aqui. Na noite passada.

— Desculpe, eu...

— Então talvez devêssemos verificar se seu pai vai voltar esta noite. Porque temos uma regra a respeito de menores desacompanhados.

— Claro — concordei.

E pensei, aposto que não quero ouvir essa regra nesse momento.

— Claro?

— Ah, sim — respondi. — Ele vai voltar mais tarde. Vamos nos encontrar aqui. Mais tarde.

— Então tudo bem — disse Margery, daquele jeito que as pessoas usam quando não tem mais nada a dizer, embora realmente gostariam de falar mais alguma coisa. — Sem problemas.

— Que bom — agradeci. — Mas obrigada por verificar. Obrigada.

Então consegui me livrar dela.

— Sem problemas — repetiu, enquanto eu fechava a porta às suas costas.

Abri deslizando a porta da suíte, corri para o quarto e sacudi Benjamin para que ele acordasse logo, embora detestasse ter que fazer isso com ele.

— Ratos na escada rolante! — gritou, ou algo parecido, e me perguntei que tipo de sonho esquisito ele estava tendo.

Sacudi seu corpo adormecido um pouco mais.

— O que foi, Laureth? Eu quero dormir.

— Eu sei que você quer — afirmei. — Mas agora não vai dar. Temos que encontrar papai.

— Mas ele está vindo pra cá. Você disse...

— Talvez. Mas temos que encontrá-lo antes que anoiteça. Eles não querem que a gente fique aqui sozinhos. Uma moça chamada Margery acabou de vir aqui me dizer. Temos que encontrar papai agora.

Benjamin resmungou, mas eu o puxei para que se sentasse.

— Tudo bem — concordou bocejando. — Como a gente vai fazer?

— Não sei. Talvez tenha alguma coisa no quarto que possa nos dizer para onde ele foi. Ou no caderno.

— Tipo uma pista? — perguntou, parecendo mais acordado.

— Isso — respondi. — Exatamente como uma pista. Encontre a última página escrita no caderno. Vai ser a mais recente. Leia o que diz nela.

Benjamin pegou o Livro Breu e começou folheá-lo.

Enquanto ele fazia isso, pensei em Margery Lundberg. Ela havia sido bem ríspida comigo. Percebi que não tinha gostado de mim. Mas não me tratou como se fosse uma idiota, porque eu não deixei. Essa é uma das coisas sobre ser cega; você tem que demonstrar confiança, ou os outros acabam te achando uma idiota e te tratando assim. E, se você não estiver confiante, tem que fingir. É assim que funciona.

Mas parecia não haver esperança. Eu estava deixando Benjamin se empolgar, procurando pistas no Livro Breu como se realmente fosse encontrar alguma coisa, quando tudo o que iria acontecer era que não encontraria nada e nós seríamos despejados do hotel.

Então eu estava bastante aflita quando Benjamin anunciou:

— Achei uma coisa.

— O quê?

— A última página escrita.

— Então lê — pedi, desesperada por qualquer coisa que pudesse nos ajudar.

— Edgar Allan Poe Cottage. Grand Concourse, 2640, Bronx. Aberto aos sábados de dez às quatro. Ent. com Valerie Braun às três horas. O que é ent.?

— É isso! — gritei. — Ent. significa entrevista. Três horas? Ele deve estar lá agora. Vamos!

Chequei o telefone.

Eu não fazia a menor ideia de onde ficava aquele lugar, mas papai tinha uma entrevista marcada lá. Só podia ser isso. Se nos apressássemos, conseguiríamos encontrá-lo. E, se não o encontrássemos, e ele decidisse passar outra noite fora do hotel por alguma razão desconhecida, eu não queria pensar no que Margery Lundberg diria a respeito.

Tirei tudo da mochila, menos o telefone e o caderno, e Benjamin deixou no quarto tudo que havia trazido. Menos Stan, claro. E saímos para pegar um táxi.

O elevador parecia ter desistido de funcionar, e, depois de esperar alguns minutos, desistimos também.

— Tem escadas?

— Tem sim — disse Benjamin. — Por ali. Mas toma cuidado, parece complicado.

O que ele queria dizer, como descobri ao tropeçar, era que o primeiro degrau para baixo já era no corredor, não na escada em si.

— Obrigada — agradeci.

Eu detestava escadas, mas elas são uma dessas coisas com que você tem que se acostumar a lidar na vida, como chaleiras. Eu também tive medo dessas por muito tempo; um assobio estridente; monstros em ebulição. No fim das contas, você simplesmente tem que encarar; vou vencer essa coisa. Ela vai se render. Desse jeito, você acaba conseguindo e supera o desafio. Tem que fingir que não está com medo, mesmo quando for exatamente o contrário.

O saguão estava tão barulhento quanto antes e, para piorar, parecia estar havendo uma discussão quando saímos. Havia um cheiro forte e fedido de fumaça, e dava pra ouvir a voz de Margery e de Brett, além da voz de mais alguém, todas misturadas na entrada barulhenta.

— Por favor, entenda — disse Margery. — Já lhe pedimos para sair e não tenho medo de chamar a polícia para resolver essa questão.

Estava claro que ela não era de brincadeira, e comecei a rezar para que papai ainda estivesse na entrevista. Nós atravessamos depressa o lobby, contentes por ela estar ocupada com outro assunto que não os menores de idade desacompanhados no hotel.

O porteiro na entrada nos conseguiu um táxi e lá fomos nós, nos arrastando pelo trânsito de Nova York.

O poeta morto

Para Benjamin, não devia estar sendo fácil.

— 'Tive pensando — disse ele.

— Benjamin — interrompi —, sei que você está cansado, mas tem que dizer "estive".

— Estive pensando — corrigiu ele, e fiquei um pouco irritada comigo mesma por ser tão exigente com meu irmão.

As coisas já estavam complicadas o suficiente pra ele, não precisava que a irmã mais velha dificultasse ainda mais.

— No que você esteve pensando? — perguntei.

— No papai.

— Ah — falei, porque eu também havia pensado nele.

— Ele está mesmo em algum lugar daqui?

— Claro que está — respondi. — Você não acabou de ver as coisas dele?

Então Benjamin ficou em silêncio, e eu me perguntei por que não me sentia reconfortada pelo que tinha acabado de dizer. Eu também estava pensando no papai, e na mamãe. E no amor.

O amor é mesmo uma coisa engraçada e, reitero, não no sentido de hilário. Quero dizer esquisito. Peculiar. Bizarro.

Houve um tempo, num passado não tão distante porque eu ainda consigo me lembrar, em que papai e mamãe se amavam. Dava pra perceber claramente nas coisas que faziam, pela forma como se tratavam e como se chamavam de "meu amor".

Mas acredito que essa fase tenha passado. Dava pra perceber claramente no modo que agiam, pela forma como se tratavam e como se chamavam de "meu amor". Aquele tom de voz enviesado, entre dentes.

Eu me perguntei por que papai havia feito o *check-in* no hotel e depois passado a noite fora, e, quando contemplava possíveis motivos, o *melhor* deles era que ele tivesse passado a noite com outra pessoa. A pior das hipóteses, que eu nem queria cogitar, era a de que alguma coisa *muito* ruim tivesse acontecido. E como achava que ele teria respondido às minhas mensagens mesmo que estivesse *de fato* tendo um caso com alguém, a pior opção parecia a mais provável. Comecei a ficar bem assustada com essa possibilidade.

No táxi, pensei em ligar pra mamãe.

Ou pelo menos mandar uma mensagem.

Ela estaria na casa da tia Sarah. Na festa. Percebi que ela não havia mandado mensagens nem para mim, nem para Benjamin, para checar se estava tudo bem, mas decidi não me preocupar com isso, porque já tinha muito com que me preocupar. De repente, me perguntei se meu telefone funcionava nos Estados Unidos. Talvez mamãe não pagasse por esse serviço. E me dei conta de que não fazia a menor ideia.

Peguei meu telefone, mexi um pouco nele, depois voltei a guardá-lo. Mas disse a mim mesma que, se anoitecesse e não tivéssemos encontrado papai, eu escreveria para ela, ou pelo menos tentaria. Mandaria uma mensagem contando a verdade.

Perguntei ao taxista quanto tempo levaria para chegar ao número 2640 da Grand Concourse, no Bronx, e ele disse que não podia se responsabilizar pelo trânsito.

Falei que eu não achava que esse fosse o caso, e ele rebateu que poderia levar dez minutos ou uma hora.

No caminho, fomos observando detalhadamente as páginas mais recentes do caderno do papai, bem devagar, e descobrimos que falavam sobre outro escritor; um americano que tinha morrido muito tempo atrás, chamado Edgar Allan Poe. Eu conhecia alguns trechos dos livros dele por conta das aulas de inglês, quando estudamos literatura gótica. O melhor era um poema longo chamado "O Corvo", e não só porque me lembrava Stan. Era meio exagerado, mas eu adorava. De todo modo, a nota do papai não era sobre a escrita de Poe, mas sobre sua vida.

Começava com uma lista das coincidências mais famosas e mais escandalosamente inacreditáveis de todos os tempos.

Havia histórias de bebês caindo das janelas nos braços do pai que os havia abandonado, mas estava por acaso passando ali embaixo naquele exato momento. Histórias de objetos perdidos aparecendo anos depois em lugares improváveis (como o Jung do papai) e uma página inteira de coincidências que interligavam os assassinatos de dois presidentes americanos, Lincoln e Kennedy, com cem anos de intervalo.

Mas a página seguinte era dedicada à coincidência que papai considerava a mais sensacional de todas — entre Edgar Allan Poe e Richard Parker. Ele já havia me contado a história antes, então não fiquei surpresa, mas pedi que Benjamin lesse a página mesmo assim, caso alguma pista pudesse nos ajudar.

Em 1838, Edgar Allan Poe escreveu seu único romance; O relato de Arthur Gordon Pym, uma história fantástica sobre um jovem que embarca num baleeiro, onde vive grandes aventuras. Num dos capítulos do livro, o barco afunda e restam apenas quatro sobreviventes; um deles, chamado Richard Parker, sugere que eles tirem na sorte qual deve ser comido pelos outros. Eles cumprem o pacto, e Parker perde, sendo canibalizado pelos companheiros.

Chega de ficção.

De volta ao mundo real, em 1884, um iate chamado Mignonette afundou. Apenas quatro tripulantes sobreviveram; três marujos e o ajudante de cabine. Ele foi morto e comido pelos companheiros. Seu nome era Richard Parker.

Dava quase pra escutar papai dizendo "a vida é mais estranha que a ficção". Segundo ele, escritores adoram esse ditado. Normalmente quando escreveram um trecho tão inverossímil que dói.

Outra coisa que ele costuma dizer é que "a vida imita a arte" e, se isso for mesmo verdade, o Sr. Poe teria ficado mesmo muito espantado com o que aconteceu em 1884,

46 anos depois que ele morreu, quando parte do seu livro se tornou realidade.

Eu me sentia um pouco culpada por fazer Benjamin ler essas coisas em voz alta, mas sabia que tinha coisas muito piores nos seus gibis. De todo modo, ele pareceu gostar da história de Richard Parker.

— É muito esquisito — comentou.

— Eu sei. Papai diz que não é a coincidência mais estranha de todas. Mas ele acha que é a melhor, porque não tem como ter sido inventada. Poe escreveu mesmo esse livro. E aquele navio afundou de verdade.

— Ninguém inventou isso?

— Não. É um caso famoso. Teve um julgamento dos sobreviventes. Você pode pesquisar em jornais antigos. Pode visitar o túmulo de Richard Parker. Papai esteve lá.

— No *túmulo* dele? — perguntou Benjamin. Dava para perceber que sua cabeça estava a mil por hora. — O que tem dentro?

— Não faz diferença — desconversei.

Mas eu tinha que admitir que a pergunta dele fazia sentido.

— Pra onde que a gente tá indo, afinal? — Ele quis saber, quando de repente o táxi deu uma acelerada e logo voltou a reduzir a velocidade, se arrastando pelo trânsito.

— Acho que é tipo um museu. Onde Edgar Allan Poe morou. Papai tem um encontro marcado com alguém nesse lugar. Acho que ele quer conversar sobre Poe.

Contei para Benjamin algumas coisas que o Sr. Woodell tinha nos ensinado sobre ele na aula de literatura, sendo a principal delas que Poe havia morrido em circunstâncias misteriosas, bem típicas das histórias que ele escrevia.

Poe desapareceu de um dia para o outro e, embora tenha sido encontrado cerca de uma semana depois, estava numa agonia absurda, delirando, e acabou nunca recobrando a consciência completamente. Foi achado usando as roupas de outra pessoa, e ficava chamando por um tal de Reynolds, que ninguém sabia quem era. Quatro dias depois ele morreu, e o mistério da morte dele nunca foi solucionado.

Fiquei pensando em outro escritor que havia desaparecido.

Outra coincidência? A vida imitando a *vida* dessa vez?

Se fosse verdade, era preciso que as coincidências terminassem antes que levassem a um desfecho trágico que eu não queria nem imaginar.

Poe morou aqui

— Ver a cidade inteira de dentro de um carro. — Ouvi Benjamin sussurrar para Stan. — Isso é o que ela considera "diversão".

— O que foi que você disse? — Cutuquei, embora não estivesse com disposição para me irritar.

— É falta de educação ouvir a conversa dos outros.

— Bem, também é falta de educação falar dos outros desse jeito — rebati.

Eu estava cansada. Muito cansada mesmo, e com o mau humor típico de quando se está exausto. Nosso táxi, que vinha andando e parando conforme o trânsito, de repente acelerou e continuou andando. Devíamos ter chegado a uma parte diferente da cidade. Tentei me acalmar um pouco e lembrar que Benjamin só tinha 7 anos.

— Onde estamos? — perguntei a ele.

— Não sei.

— O que você está vendo?

— Nada.

— O quê?

— Não estou vendo nada. Está tudo preto. Stan está sentado na minha cara.

Contei até cinco e perguntei para Benjamin se ele poderia pedir a Stan que saísse de cima do seu rosto para que ele pudesse olhar pela janela.

— Uau! — exclamou ele. — Ei! Podemos parar?

— Não, não podemos. Por quê?

— Tinha uma loja de quadrinhos incrível! Acabamos de passar. Podemos parar pra dar uma olhada?

— Não, Benjamin, não dá. Sinto muito.

— Mas era tão legal. Por favor?

— Vamos ver. Descobre em que rua estamos e podemos voltar depois.

— Ah, Laureth...

— Benjamin. Temos que ir para o tal museu agora.

— Papai vai estar lá?

— Vamos ver.

— Você está parecendo mamãe — retrucou ele. — Vamos ver. Mas a gente *nunca* vê.

— Desculpa. Nós vamos voltar. Eu juro. Como era o nome da loja?

— Não vi. Mas estamos numa rua chamada Broadway.

— Como você sabe?

— Fácil — respondeu ele. — Na TV tem um mapa de onde estamos.

— Um o quê?

— Todos os táxis em que a gente andou tinham uma TV pequenininha. Este tem um mapa de onde estamos, tipo um GPS.

Então era isso que tinha ouvido e achado que fosse o rádio; havia a mesma tagarelice sem-fim de um canal de notícias.

— Consegue consultar nele onde estamos?

— Sim — disse Benjamin. Depois ficou uma eternidade em silêncio. Então completou: — Em Nova York.

— Engraçadinho.

— Foi piada de Stan.

— Foi, é?

— Foi.

Sorri.

— Foi muito boa — elogiei, pensando na tela e no que tinha acontecido na imigração do aeroporto.

— Não encoste no aparelho — alertei.

— Não vou encostar! — retrucou ele, mas algo no seu tom de voz me disse que sua mão já estava no meio do caminho. Ele se deixou cair de volta no assento ao meu lado.

Houve um instante de silêncio, e então ouvi de novo a voz abafada de Benjamin:

— Stan está sentado na minha cara de novo.

— Stan, para com isso — repreendi.

Agora que o táxi estava andando mais rápido, eu me sentia melhor do que antes, quando estávamos presos no trânsito. Rodamos por cerca de mais dez minutos e finalmente paramos.

Paguei ao taxista, e, quando já estávamos saltando, ele perguntou:

— A senhorita sabe aonde está indo?

— Sei.

— Tome cuidado — alertou ele.

— Vou tomar.

Hesitei.

— É... desculpa, estamos procurando o Edgar Allan Poe Cottage. É aqui?

— Não tem nada aqui — respondeu o taxista. — Só a Grand Concourse. Que já nem é mais tão grande. A menos que seja aquela casinha branca no parque, logo ali.

— Benjamin?

— Estou vendo, Laureth.

Tinha que ser. Agradeci ao motorista, e seguimos na direção do parque, Benjamin, Stan e eu.

Verifiquei meu telefone.

Eram 3h54.

Disse a mim mesma que era um bom presságio.

— Dá pra enxergar a entrada?

Benjamin pensou por um minuto.

— Sim, acho que é por aqui. Tem umas grades. Laureth, é minúsculo. Tem certeza de que papai está aqui? Não estou vendo ele.

Ele segurava minha mão com muita força.

— Vamos descobrir — reafirmei.

Havia uma escada para chegar à casa, e tive um pouco de dificuldade nessa parte, porque Benjamin estava me puxando para a porta, esquecendo de dizer quantos degraus existiam à nossa frente.

Empurramos a porta, e uma voz feminina disse:

— Sinto muito. Já estamos fechando.

Eu sabia que estávamos numa sala muito pequena, um hall de entrada ou algo assim, porque o som era próximo e sem eco.

— Eu sei — respondi. — Nós sabemos. Viemos encontrar uma pessoa.

— Ah — disse a mulher. — Os últimos visitantes acabaram de sair. Estamos fechando. Mas abriremos amanhã às...

— Desculpe — interrompi. — Estamos procurando nosso pai. Ele esteve aqui às três horas. Veio se encontrar com Valerie Braun.

— Sou eu — esclareceu a mulher. — Vocês são filhos do Sr. Peak?

— Somos. Você encontrou com ele? Sabe que horas ele saiu?

— Eu não o vi — respondeu Valerie. — Seu pai não apareceu.

— Não? — Me desesperei. — Não, ele deve...

— Posso garantir — afirmou ela. — Fiquei a tarde inteira aqui, e ele não veio. Marcou comigo às três, como você mesma disse, mas não veio. Você está bem?

Eu não estava. Não estava bem, mas podia sentir que Benjamin estava ficando chateado, pelo simples modo como segurava minha mão, pelo modo como me puxava.

— Sim. É que estamos tentando encontrá-lo e...

— Vocês estão perdidos? — perguntou Valerie.

Ela parecia preocupada, e senti lágrimas brotarem por trás dos meus óculos escuros.

— Não — respondi, baixinho.

Queria dizer pra ela que eu achava que papai é que estava perdido, não nós dois. Mas não ousaria fazer isso na frente de Benjamin.

— Quem é você? — perguntei. — Quero dizer, você sabe por que papai queria encontrá-la?

— Sou uma das curadoras aqui do museu — esclareceu Valerie. — Seu pai queria conversar com um especialista na vida de Poe e marcou um encontro comigo.

— Você sabe por quê?

— Sinto muito, mas não faço ideia. Ele só disse que queria fazer algumas perguntas sobre o tempo que Poe passou em Nova York. Esta casa foi onde ele morou de 1846 a 1849, os últimos anos de sua vida.

Eu podia sentir que estávamos correndo o risco de fazer com que Valerie entrasse em seu modo "guia turístico", mas ela disse uma coisa que me soou estranho.

— Achei que Poe tivesse morrido em outro lugar. Não foi? Não lembro onde.

— Sim, você está certa. Ele morreu em Baltimore, mas estava viajando na ocasião. Esta foi a casa em que morou até morrer.

— Ah... olha, será que eu poderia lhe fazer uma pergunta?

— Pois não, senhorita...?

— Laureth. Meu nome é Laureth. E este é Benjamin.

— Oi — disse Benjamin. — Este é Stan.

Valerie deu uma risada

— Que melro bonito — elogiou.

Antes que Benjamin ou Stan pudessem protestar, pedi um favor pra ela:

— Se meu pai aparecer, poderia pedir que ele me ligue? Pode dizer a ele que estamos no hotel? Esperando por ele? Poderia fazer isso? Por favor?

— Vocês estão precisando de alguma coisa? — perguntou ela, com a voz suave e gentil.

— Não — respondi. — Não é nada disso. Estamos bem. Não estamos, Benjamin?

— Sim, Laureth. Mas Stan disse que está com calor.

— É por causa do casaco de pele que está usando — disse Valerie, e riu da própria piada.

Como não rimos com ela, emendou:

— Sim. Darei o recado a ele. Talvez tenha errado o dia. Estaremos abertos amanhã também, das...

— Sim — interrompi. — Obrigada. Muito obrigada. Vamos, Benjamin.

Hesitei.

— Só mais uma coisa. — Virei para Valerie. — Edgar Allan Poe alguma vez escreveu sobre coincidências?

— Coincidências? — pensou ela, devagar. — Não que eu me lembre. Claro que tem a famosa história de Richard Parker. Vocês vão gostar de ouvir...

— Obrigada — cortei, depressa, tentando não parecer mal-educada. — Nós já conhecemos.

Saímos do pequeno museu, e eu conseguia sentir o pânico crescendo na minha barriga e no meu peito.

— Tem algum lugar onde sentar? — perguntei a Benjamin.

— O que vamos fazer agora?

— Vamos nos sentar. Eu quero... — Tentei manter a calma. — Preciso me sentar, Benjamin. Preciso de um minuto para pensar. Tem algum lugar para sentar? Na sombra?

— Tem um banco debaixo de uma árvore naquela direção.

— É longe da casa?

Não queria que Valerie saísse do trabalho e nos visse ali. Ela certamente acharia que estávamos perdidos, sem ter para onde ir, nem ideia do que fazer. E estaria certa.

— O que vamos fazer agora? — perguntou Benjamin outra vez, quando nos sentamos.

— Sobrou um pouco da sua água?

— Não. E eu também estou com fome. E Stan também disse que está faminto.

— Vamos arrumar alguma coisa para comer. E para beber.

— Laureth, você não sabe onde tá papai, sabe?

— Sim, eu sei. Ele está... Vamos vê-lo mais tarde, no hotel. Ele...

— Laureth! — gritou Benjamin. Ouvi que ele estava chorando. — Você não sabe cadê papai. Ele desapareceu, não foi?

— Não, não. Ele só...

Passei os braços em volta de Benjamin, e ficamos abraçados enquanto ele chorava.

— Você não sabe onde ele está — resmungou.

— Eu *sei*. Bem, nós sabemos que está hospedado no hotel. Vai voltar mais tarde, e tenho certeza de que vamos encontrá-lo. Está tudo bem. Deveríamos ter esperado por ele lá. Não sei o que me deu.

— Laureth, eu não acredito mais em você! — disse Benjamin. — Não sou idiota. Sei que você quer fazer de conta que estamos brincando de encontrar o papai, mas não estamos! Ele sumiu, e você não sabe como a gente vai fazer pra encontrar ele. Quero a mamãe. Quero a mamãe! Quero a mamãe.

Eu o abracei por um bom tempo. Não queria pensar na minha mãe, porque não gostava de lembrar como ela parecia não se importar de que papai tivesse desaparecido. Se eu pensasse nisso, me sentiria sozinha demais, de tanto que isso me assustava.

— Desculpa, Benjamin — falei baixinho. — Eu não deveria ter trazido você. Mas não conseguiria fazer isso sozinha. Você sabe. Eu só queria encontrar papai. Fui uma idiota. Não deveria ter feito nada isso.

Ele pareceu se acalmar, e entendi que deveria ter contado a verdade pra ele desde o início. Mesmo que ele fosse pequeno, eu deveria ter perguntado o que ele achava e o que ele queria fazer, em vez de ter inventado esse jogo perigoso.

Abracei Benjamin até ele parar de soluçar, e disse a mim mesma que não estava sozinha. Nós não estávamos sozinhos. Repeti isso várias vezes. Benjamin estava comigo, e Stan também. Nós encontraríamos papai. Tínhamos que encontrá-lo.

— Tou com medo, Laureth — disse ele. — Tou com medo. Quero a mamãe. Você não tá com medo?

E então eu comecei a chorar também.

Porque, sim, eu estava com medo. Sinto medo quase o tempo todo. Mas nunca admito isso pra ninguém. Não suporto admitir. Tenho que continuar fingindo que sou confiante, porque, se não fizer isso, se ficar na minha, me torno invisível. As pessoas me tratam como se eu não estivesse ali. Eu me lembro de quando era pequena, da idade de Benjamin, e a moça atrás do balcão da loja de doces ficava perguntando para minha mãe: "O que ela quer? Ela gosta de chocolate? Ou prefere outra coisa? Como você faz com ela? Deve ser muito difícil..."

Ela continuava falando, como se eu não estivesse ali. Como se eu fosse invisível. Mas eu não sou.

A mulher continuava falando, e mamãe não sabia o que dizer, e eu simplesmente fiquei ali parada, cada vez mais irritada e, conforme ela continuava, de repente comecei a pensar que era como se *ela* fosse cega e não pudesse me ver, não o contrário.

Então aprendi a responder por mim mesma. Aprendi a virar a cabeça na direção de quem está falando; aprendi a estender a mão para cumprimentar as pessoas. Aprendi a não me balançar, nem tocar meus olhos quando estou nervosa, aprendi a fazer mil coisas para ajudar as pessoas que enxergam a falar comigo. Fui eu que me fiz ser o que pareço ser agora; confiante, desencanada, provavelmente até meio metida.

As pessoas acham que eu tenho muita confiança em mim mesma, mas não tenho nenhuma. Não acredito em mim, nem no que tenho capacidade de fazer, e ainda assim as pessoas acham que eu posso fazer o que quiser.

É assim que pareço ser, mas isso é uma ilusão. É uma farsa, nada mais.

ᙢᙁᘼ

Quando paramos de chorar, eu me recostei, mas fiquei segurando a mão de Benjamin.

— Benjamin, escuta. Eu errei. Fiz uma coisa idiota. E, se você quiser, podemos ir agora mesmo para o aeroporto, pegar um voo de volta para casa, para ver mamãe.

Benjamin quase me derrubou do banco ao jogar os braços em volta de mim de novo. Ele me abraçou por um bom tempo.

— Laureth, acho que devemos ficar. E encontrar papai.

— É o que você acha de verdade? — perguntei. Estava tentando não voltar a chorar.

— É — reafirmou. — E, Laureth?

— O que foi?

— Stan também acha.

Eu ri.

— Que bom. Então somos três, né?

— Sim, Laureth.

Bem atrás dali

Claro que enxergar deve ter suas vantagens. Por exemplo, eu nunca vou dirigir. Pelo menos não em vias públicas. Mas não tenho problemas quanto a isso. Nunca quis enxergar, de verdade, mas naquele momento eu entendi que, se eu *pudesse* ver, não precisaria ter levado Benjamin comigo, e então me senti péssima.

As minhas atitudes tinham deixado meu irmão chateado, e eu sabia que tinha que consertar as coisas.

Por mais que estivesse cansada naquela hora, melhorei um pouco.

— Sabe, estou com medo — confessei para Benjamin, mas com uma voz completamente calma.

— Não parece — disse ele.

— Nunca julgue um livro pela capa.

— Você não é um livro.

— Verdade. — Por falar em livros, nós só tínhamos um recurso à disposição. — Acho que não. Escuta, tem como você pegar o caderno do papai para mim? Precisamos encontrar outra pista. Pode dar uma folheada? Deve haver mais alguma coisa. Vê se você consegue achar alguma coisa. Confio em você. Como você mesmo disse, não é um idiota.

— Tudo bem.

Ele começou a ler.

Esperei, prestando atenção aos sons à nossa volta.

Do outro lado do parque vinha o barulho da grande avenida pela qual tínhamos chegado, a Grand Concourse, supus. No parque era mais silencioso, mas as pessoas circulavam, bicicletas passavam zunindo. Ouvi uma discussão ao longe, ou poderia ser apenas pessoas batendo papo.

O calor ainda era inacreditável, e não batia nem mesmo uma brisa para aliviar, então, mesmo à sombra da árvore, estávamos fritando. Eu sabia que precisava arrumar alguma coisa para a gente comer, ou pelo menos outra bebida gelada, e, se Benjamin não encontrasse nada, teríamos que voltar para o hotel e rezar para que papai retornasse antes do anoitecer.

Voltei a pensar em papai, nas coincidências e no livro. Talvez mamãe estivesse certa, talvez fosse compreensível que ela estivesse zangada. Ele *estava* obcecado, parecia que aquilo tinha tomado conta da vida dele, como se não pudesse simplesmente deixar para lá, da mesma forma que um alcoólatra não consegue parar de beber. E, depois de todos esses anos, ele não tinha quase nada para mostrar, só um caderno com um título e um monte de ideias esquisitas.

Ele tinha bolado o título *daquele* livro havia muito tempo. Quando ele começou, o livro tinha o que se chama de título provisório; que será trocado por algo melhor assim que alguma ideia melhor surgisse.

O título provisório era *354*, que todos detestavam, e então ele se chateava e ficava na defensiva, reafirmando mais uma vez que era apenas provisório. Mas acho que, no fundo, ele gostava muito desse título. Era inusitado, e papai gosta de coisas inusitadas, embora você já deva ter notado isso a essa altura.

Então um dia ele falou que tinha encontrado o título definitivo para o livro: *O cão de caça do céu*.

Ele gostava muito desse título, e fiquei feliz por ele, até que ele pesquisou no Google e descobriu que já havia outra obra com esse nome; um poema antigo e bem estranho.

Enfurecido, papai leu o poema para nós uma noite, após o jantar. Era muito, muito longo, cheio de palavras que ninguém usa mais, como "postigo" e "trago", e algumas outras que eu nem sabia se algum dia haviam existido.

É um poema religioso, sobre Deus. Fala sobre como, embora você possa tentar ignorá-lo, dar as costas para Ele e fugir Dele, Ele vai continuar atrás de você, fielmente, como um cachorrinho devoto segue seu mestre, por toda a sua vida. Então você enfim vai perceber o poder do amor de Deus e Ele terá estado ali o tempo todo, bem atrás de você. Esperando.

Se quer saber minha opinião pessoal, é meio bizarro, mas é isso que o poema diz. Então, o *cão de caça do céu* é uma metáfora; significa o amor de Deus.

Papai passou algumas semanas de mau humor e, então, certa noite, anunciou que usaria o título mesmo assim.

— Gosto dele — concluiu. — E, sabe, acho que o cão de caça do céu poderia ter outro sentido. Poderia ser as coincidências também.

— Conxidença? — perguntou Benjamin, que devia ter só uns 5 anos na época, cunhando uma nova palavra para sempre.

Papai riu.

— Sim, conxidenças. Porque, quando uma acontece com você, parece que tem um significado especial. E acho que significa que o universo está tentando dar alguma indicação pra você, como um cão-guia. Ou um cão que é próximo de você, invisível, guiando seu caminho pela vida, lhe oferecendo pequenos sinais, em forma de coincidências. Você tem que entender o que eles significam, esses sinais do universo, do cão de caça do céu.

— Gostei dessa ideia — comentei, porque me lembrava de quando Harry fez um teste para ver se conseguiria se adaptar a um cão-guia.

O cão foi à escola, e todos nós mexemos com ele, mas ele pareceu não se importar.

— Gosta mesmo? — perguntou papai. Ele parecia mais feliz. — Sabe, durante toda a minha vida, quando estou passando por um momento importante, quero dizer, quando alguma coisa importante está acontecendo, percebo um monte de coincidências. Acho que elas acabam aparecendo para que a gente descubra o que significam. Para nos guiar.

Então era assim que papai via as coisas, e até o momento era tudo que ele tinha do livro. Seis palavras. Que outra pessoa tinha inventado.

Uma verde casa

Como acabei não aceitando quando aquele garoto no avião, Sam, me ofereceu seu número de telefone? Eu estava sentada no banco com Benjamin, derretendo de calor, desejando ter aceitado, no fim das contas. Estava pensando que talvez ele pudesse nos resgatar, quando meus devaneios foram interrompidos por alguém me chamando, não muito longe.

— Garota, o que vocês estão fazendo aí?

— Ele está falando com a gente? — sussurrei para Benjamin, sem levantar a cabeça.

Alguém, um homem, estava gritando para nós, para mim, a uma pequena distância. Parecia a voz de um velho, mas não dava para dizer quão velho.

— O que vocês estão fazendo?

Ele estava se aproximando.

Estávamos sentados no banco havia séculos, tentando encontrar alguma pista no caderno do papai, sem sucesso.

Benjamin ainda estava lendo trechos em voz alta e parando de vez em quando para me perguntar se eu achava que aquilo significava alguma coisa.

— Continue lendo. — Eu repetia de novo e de novo. Não encontramos nada.

Eu estava tentando raciocinar de maneira lógica. Alguma coisa tinha levado papai a Nova York. Algo além de Edgar Allan Poe, eu tinha certeza. Sim, ele queria ir ao museu, mas, se quisesse tanto assim, não teria faltado ao encontro. A menos que...

Alguma coisa tinha motivado a viagem, alguma outra coisa, e eu sentia que tinha a ver com o seu número. E, se papai estivesse certo a respeito do cão de caça do céu, sobre como ele guiava as pessoas pela vida, então talvez ele tivesse mandado aquele homem até nós, naquele exato momento.

— O que estão fazendo aqui? Lendo?

Agora que ele estava bem perto, tinha um cheiro horrível, e deduzi que fosse um sem-teto. Dava para sentir o cheiro dele a 1 quilômetro de distância. Nem era preciso ter poderes de um super-herói cego. Tentei respirar pela boca.

— É, sim, mais ou menos.

— Estão mais ou menos lendo? O que estão mais ou menos lendo?

— Um caderno.

— Um caderno?

Parecia que ele tinha que repetir tudo o que eu dizia.

— Que tipo de caderno? — acrescentou.

Benjamin tinha ficado muito quieto. Imaginei que estivesse com medo. E isso me fez perguntar se eu também deveria ter medo.

— Ah — desconversei, tentando encontrar uma maneira de encerrar aquela conversa e fazê-lo ir embora. — Bem, é o caderno do meu pai.

— Do seu papai?

— Arrã — murmurou Benjamin, e isso me fez relaxar um pouco, porque, se ele estivesse assustado, teria continuado calado.

— Por quê? Para que estão lendo isso?

— Nada em especial — respondi, e então pensei, bem, se esse cara vai nos incomodar, pode ao menos ser útil.

— Posso lhe fazer uma pergunta?

— Claro.

— Você é daqui?

— Você quer dizer do Bronx?

— Bem, de Nova York. Do Bronx. Aqui onde estamos.

— Sou sim. Por que você quer saber?

— O número 354 tem algum significado para você?

— Se o número 354 tem algum significado para mim? — repetiu ele.

— Sim, 354.

— Olha só, os números são tudo nesta cidade, entendeu? Sabia disso? Vocês não são daqui, né? De onde vocês são?

— De Londres, na Inglaterra.

— Londres, na Inglaterra? Sempre quis ir pra lá. Como é?

— É frio e chuvoso. Escuta, você sabe se o número 354 significa alguma coisa, qualquer coisa especial? Em Nova York, quero dizer.

— Claro. Números são como a gente se localiza. Sabia disso? Para combinar de encontrar alguém num lugar, você diz os números. Tipo, na esquina da rua 85 com a terceira avenida. Ou da 16 com a primeira. Certo?

Apesar do calor, senti um dedo frio subindo pelo meu pescoço. Ou melhor, podia ouvir os passos do cão de caça do céu atrás de nós; porque era o cão. O cão tinha vindo até nós.

— Pode repetir isso?

Mas Benjamin foi mais rápido do que eu.

— É isso! Rua 35 com a Quarta Avenida.

— Isso! — concordou o homem. — Só que não existe Quarta Avenida.

Meu coração parou.

— Não existe — falei. Estava enjoada.

— Não. Bem, tem um pedacinho. Atualmente, a maior parte dela se chama Park Avenue. Só a parte abaixo da rua 15 se chama Quarta Avenida. Tudo acima disso é Park. Então não existe rua 35 com a Quarta.

— Ah — falei.

— Mas essa não é a única possibilidade — continuou o homem. — Você disse 354? Então é Terceira Avenida com Rua 54. Certo?

— Certo! — exclamei.

Eu me levantei, puxando Benjamin para que ficasse de pé.

— Aonde vocês vão? Estão com pressa?

— Sim, estamos. Desculpe. Obrigada. Muito obrigada.

— De nada. Mande um oi pra Londres por mim, ok? Diga que vou visitá-la. Um dia desses, muito em breve.

— Diremos — concordei. — Obrigada.

Fiz Benjamin nos levar de volta para a Grand Concourse e me avisar quando visse um táxi, o que não demorou muito, e seguimos para a Terceira Avenida com a Rua 54.

Demorou muito mais para chegar até lá do que para pegar um táxi, e já eram cinco horas quando chegamos. Estávamos exaustos e famintos, mas não queríamos desistir. Eu estava me esforçando ao máximo para não calcular há quanto tempo estávamos acordados. Me esforçando para não pensar em como eu, e provavelmente Benjamin também, estava com fome e sede. Eu sabia que tínhamos que prosseguir, porque a única alternativa além dessa era desistir, e isso significaria entregar os pontos.

Chegamos à Terceira Avenida com a Rua 54.

— O que você está vendo? — perguntei a Benjamin.

Por um momento, ele não respondeu. Eu sentia que ele estava girando de um lado para o outro, olhando em todas as direções.

— O que estou procurando?

— Não sei — respondi. — Me fala o que você está vendo em cada esquina.

— Certo. Tem uma loja de roupas, com roupas na vitrine. Uma loja de artigos esportivos. Um grande prédio sem nada escrito. Acho que são apartamentos. E um bar.

— Um bar? Qual é o nome?

— É engraçado. *Uma Casa Verde*, acho. Bem, pelo menos é o que está escrito na placa na frente dele.

Pensei por um momento.

Uma Casa Verde. Na Terceira Avenida com a Rua 54.

Havia cinco letras em Verde. Três em Uma, e quatro em Casa. Não batia direito, mas chegava muito perto. Deveria se chamar *Uma Verde Casa*. Mas não se chamava.

— Venha — chamei.

— Papai está nesse bar? — perguntou Benjamin.

— Vamos ver.

Atravessamos a rua e entramos.

Era muito barulhento. Barulhento e mal frequentado. Tinha um jogo qualquer passando na TV ou no rádio, e um bando de homens gritando e fazendo piada.

O barulho diminuiu um pouco quando entramos.

Alguém assobiou, e pareceu o uivo de um lobo.

— Laureth? — disse Benjamin, baixinho.

Ele segurava minha mão com muita força.

— Tenta só ver se você consegue enxergar papai — falei.

— Tem um montão de gente.

— Eu sei. Mas você está vendo papai?

Alguém tornou a assobiar, e outro cara gritou uma grosseria, que rezei para que Benjamin não entendesse. O barulho recomeçou, os homens riam e gritavam.

— Não estou vendo — disse Benjamin. Vou dar uma olhada rápida. Não se mexa. Já volto.

— Espera, Benjamin! — Tentei chamar, mas ele já tinha ido, e então duas coisas aconteceram ao mesmo tempo.

Comecei a entrar em pânico. Meu irmão mais novo estava em alguma parte de um bar cheio de homens bebendo e se divertindo de um jeito barulhento, e eu não sabia para onde ele tinha ido. Essa foi a primeira coisa. A segunda foi que meu telefone tocou.

O VoiceOver falou o nome de quem estava ligando. Não entendi de primeira, mas quando o programa falou pela segunda vez, levei o aparelho ao ouvido.

Era mamãe.

E, enquanto eu tentava decidir se deveria atender ou não, deixei o celular cair.

O bar era tão barulhento que não consegui ouvir onde o telefone caiu, então me ajoelhei imediatamente e comecei a agitar os braços ao meu redor, frenética.

Ouvi risadas e gritos.

— Ei, meu amor, tira esses óculos!

— Esqueça os óculos! Tira a roupa!

Pude ouvir mais risadas, mas não conseguia encontrar o telefone. Ele ainda estava tocando, mas com todo aquele barulho, não dava para encontrá-lo, e eu não estava procurando de um modo propício nem sensato, apenas esfregando as mãos pelo chão que nem uma idiota.

— Olhem só para ela! — zombou outro homem, rindo.

E então Benjamin voltou e se ajoelhou no chão ao meu lado.

— Laureth, levante. Levante, Laureth. Papai não está aqui. Procurei por toda pare.

— Não está? — falei.

— Não vi naͻa. Não quero mais ficar aqui.

Ele estava certo.

— Mas meu telefone.

— Já peguei — respondeu.

Nós nos levantamos e corremos para fora do bar o mais rápido possível, ouvindo mais comentários grosseiros atrás de mim.

Andamos sem parar pelo que pareceu uma eternidade.

— Para onde vamos? — perguntou Benjamin.

— Para longe daqui.

Andamos mais um pouco, até que eu não estivesse mais com vontade de chorar, e foi então que me lembrei de uma coisa.

— Benjamin, cadê meu telefone?

Ele hesitou.

— Me dá o telefone, Benjamin. O que foi?

— Por favor, não fique brava comigo — pediu ele, e pareceu tão preocupado que imediatamente entendi o que tinha acontecido.

O Efeito Benjamin. Meu telefone tinha pifado.

Uma mente útil

— Tem certeza, Stan? Eu acho que ela não quis ser grosseira — disse Benjamin.

Ele estava falando com Stan, mas sabia que era para o meu bem.

Dei um suspiro pesado.

— Não fui grosseira — protestei.

Estendi a mão, e, depois de um instante, Benjamin pegou. Puxei-o para um abraço antes que ele pudesse reclamar, então comecei a fazer cosquinha, cutucando suas costelas até ele gargalhar.

— Ei! Para com isso — gritou ele, rindo. — Ei! Deixei Stan cair.

Soltei para que pudesse resgatar o corvo.

De repente, ele ficou em silêncio e eu sabia o que viria em seguida.

— Ataque de corvo! — gritou Benjamin.

E então, Stan estava plantado no meu rosto, batendo as asas e grasnando. Eu dei risada e fiz o melhor que pude no meu papel de quem estava sendo atacada por Stan.

— Não! Não, pare! Por favor! — Encenei, tentando fugir, e Stan deve ter ficado satisfeito, porque o ataque terminou na hora.

— O que vamos fazer agora? — perguntou Benjamin, direto.

Testei o celular de novo, mas com certeza não tinha mais jeito.

— Bem...

— Vamos naquela outra esquina? Aquela que o homem disse? Rua 35 com a Park.

Hesitei. Era muito difícil que houvesse algo relevante lá, e eu não aguentaria outra decepção. E tinha quase certeza de que Benjamin também não suportaria.

Mas estava pensando em uma coisa. Algo que papai certa vez chamou de "quase".

Um dia ele chegou perto de mim e, com um baque pesado daqueles, se sentou ao meu lado no sofá.

— Estive pensando — começou.

— Pode parar — brinquei.

— Engraçadinha. Escuta. Sabe o que mais me impressiona nas coincidências?

— Não faço ideia.

— O que mais me impressiona é o seguinte: para cada vez que uma coincidência acontece, deve haver uma que *quase* acontece. Na verdade, deve haver milhares de "quases" para cada coincidência que acontece, mas simplesmente não ficamos sabendo.

— Como o quê?

— Por exemplo, voltei daquela feira de livros na Suécia semana passada, cheguei no aeroporto e vim para casa.

— E daí?

— Exatamente. E daí? Mas suponha que um antigo colega de escola, alguém que não vejo há vinte anos, estivesse chegando naquele dia e nós tenhamos nos desencontrado por uma questão de segundos. Só por termos entrado num corredor errado ou algo assim. Essa ideia não te assusta?

— Pai, acho que você está trabalhando demais de novo. Ou não está trabalhando o suficiente. Uma coisa ou outra.

— Talvez — concordou.

Então, fiquei pensando nos "quases". E se papai estivesse naquela outra esquina, tentando contar se havia 354 pedras no pavimento ou algo assim?

— Vamos? — perguntou Benjamin.

— Não — respondi, tentando ver se me sentia melhor por ter decidido.

Não muito, mas pelo menos era uma decisão.

— Por que não?

— Porque estamos muito cansados, está tarde e acho que devemos voltar para o hotel por agora. Amanhã recomeçamos.

— Mas não estaremos com papai amanhã?

— Sim — reafirmei. — Sim. Claro.

— Espero que sim — disse Benjamin, muito baixinho.

◦◦◦

Enquanto andávamos de táxi, segurei meu telefone, apertando repetidamente o botão de ligar, mas não adiantava. Queria retornar a ligação de mamãe; estava desesperada para falar com ela, ouvir sua voz. Mas não podia colocar a culpa em Benjamin; ele só queria sair daquele bar o mais rápido possível. E eu também.

Eu achava que aquele sem-teto fedorento tinha sido enviado para nós. Eu tinha achado que ele *era* o cão de caça, que foi nos apontar a direção certa, mas enquanto voltávamos para o hotel em silêncio, percebi que outra coisa tinha acontecido, na verdade.

Um tempo atrás, eu e papai havíamos conversado sobre isso. Era um fenômeno chamado apofenia.

Claro que havia anotações sobre isso no Livro Breu.

APOFENIA

Apofenia é uma palavra estranha, mas se refere a algo que todos temos dentro de nós, um desejo, uma tendência, na verdade uma necessidade de ver padrões. A mente humana é muito boa em achar padrões.

É um avanço evolutivo. Identificar rostos, por exemplos. Somos tão bons nessa tarefa que vemos rostos por toda parte: basta uma linha com dois pontos em cima para enxergarmos um. Até a frente de um carro, uma casa com duas janelas e uma porta no meio, ou qualquer coisa com duas bolas faz as pessoas pensarem num rosto.

Ser capaz de identificar rostos bem depressa e diferenciar os amigáveis dos hostis deve ter sido muito importante para nossos ancestrais.

Outros padrões devem ter sido importantes também, como enxergar as pintas de um leopardo camuflado no mato, ou as manchas que são as águas-vivas em águas rasas. Talvez o reconhecimento básico de padrões tenha até dado origem à visão.

* * *

No entanto, os padrões não são apenas visuais: também deve ter sido importante para nossos ancestrais perceber que o outono vem depois do verão, que, por sua vez, vem depois da primavera. Assim eles aprenderam a cultivar as plantas. A habilidade de identificar os padrões da lua e do sol também deve ter surgido com eles. Tudo muito útil. Na verdade, essencial para um homem das cavernas.

Pode não parecer, mas essa é uma habilidade muito impressionante. Um dos maiores desafios enfrentados pelos cientistas que trabalham com inteligência artificial é fazer um computador identificar padrões. Eles tiveram algum sucesso nessa área, e é por isso que Jane tem uma câmera digital que reconhece o rosto das pessoas. Ela riu quando a câmera focou o boneco de neve que Benjamin tinha feito, mas a máquina havia identificado um rosto; duas bolas de carvão e uma cenoura.

Mas se você tentar fazer um computador identificar padrões não específicos, ele se torna quase completamente inútil. Qualquer criança de 5 anos de idade pode estabelecer conexões simples de forma mais produtiva do que o computador mais avançado do mundo.

É por isso que uma criança pequena consegue estabelecer que a conexão entre Papai Noel e Rudolph é que ambos têm alguma coisa vermelha neles, enquanto que um robô vai ficar rodando e gritando "erro de cálculo" e "ilógico" até começar a soltar fumaça pelas orelhas e explodir.

Ou seja, evoluímos até nos tornarmos muito bons em reconhecer padrões, e, mais ainda, nós ADORAMOS essa façanha.

Gostamos TANTO que acabamos fazendo isso mesmo quando não há nenhum padrão a ser identificado. Inventamos um com facilidade e o aplicamos para todas as informações que temos à disposição, mesmo que à nossa frente não haja mais do que uma porção de dados aleatórios.

Isso é apofenia. Encontrar um padrão quando na verdade não há nenhum.

E Benjamin e eu tínhamos acabado de fazer isso.

Queríamos encontrar algum significado no número 354 e com centenas, ou melhor, milhares de números à nossa disposição em Nova York, nós o transformamos num endereço e saímos correndo para descobrir que estávamos nos iludindo.

Mais uma vez, é o mesmo problema com a questão dos aniversários. Com tantos números entre os quais escolher, é óbvio que, cedo ou tarde, encontraríamos uma coincidência estranha. Como Carl Jung. Ficou todo alvoroçado por conta do que havia acontecido uma vez no caso do escaravelho e de sua paciente. As palavras-chave nessa história toda são "uma vez". Considerando que ele deve ter conduzido milhares de sessões de terapia na vida, teria sido mais notável se *nunca* tivesse acontecido uma coincidência relacionada a uma sessão, não é? E, para piorar, nem era um escaravelho de verdade que estava tentando entrar pela janela, apenas um inseto que *parecia* um escaravelho.

E, ainda assim, esse simples detalhe foi suficiente para fazer Jung se empenhar em passar o resto da vida na missão de descobrir o que as coincidências significam.

Se voltássemos a pé para o hotel, teríamos chegado mais rápido do que de táxi, e, enquanto nos arrastávamos pelo trânsito, Benjamin folheou o caderno.

Coincidentemente, você diria, as páginas que ele leu eram sobre Jung. Jung e algumas outras pessoas, dentre elas o homem em cuja homenagem o "efeito" Benjamin tinha sido nomeado, Wolfgang Pauli.

E não gostei nada do que Benjamin leu. Nem um pouquinho.

UMA IDEIA RUIM

Valor ao que tem valor, sempre digo. E, neste exato momento, o que mais tem valor para mim é descobrir A VERDADE sobre tudo isso, para que eu possa escrevê-la na DROGA DO MEU LIVRO.

Vamos recapitular.

O protagonista descobre a verdade.
Chega no limite.
Que verdade é essa? Será algo ruim? Sempre supus que a verdade por trás das coincidências fosse uma coisa positiva, uma coisa boa. Mas por que deduzi isso? E se não for?
Alguma coisa ruim leva o protagonista ao limite e ao inevitável.
Que seria?
Pensar mais nisso... Ainda não tenho uma trama!

* * *

Tem uma ideia surgindo. Tem a ver com fatalidade. Será que o cão não é uma força do bem, mas destrutiva?

* * *

Jung procura respostas.

1930: Pauli publica um grande trabalho sobre neutrino e imediatamente tem um colapso nervoso. Procura ajuda do melhor psicanalista — Carl Jung.

Jung acha os sonhos de Pauli fascinantes, e em pouco tempo eles começam a discutir as conexões entre suas áreas de pesquisa, aparentemente bem diferentes; a psicologia e a física. Procuram as relações entre a mente e o universo.

Pauli se convence de que a ligação entre psicologia e física é a sincronicidade de Jung — COINCIDÊNCIA.

Jung e Pauli discutem a natureza secreta do universo. Eles acreditam que há um único número que explica tudo, e começam a se perguntar se o número é uma estranha combinação de três dígitos: 137.

Pauli fica obcecado com o tal número.

E NÃO 354? POR QUE NÃO? TINHA QUE SER!

Mas o número de Pauli era 137. Conhecido como a CONSTANTE DE ESTRUTURA FINA, e a descoberta de seu valor real foi a obsessão de muitos físicos importantes. A constante de estrutura fina, 137, é fundamental para explicar o comportamento da luz, dentre outras coisas.

Luz é energia.

Energia, como Einstein nos diz em $E = MC^2$, é matéria.

Então luz É matéria e, portanto, TUDO pode ser explicado pelo número 137.

Jung e Pauli escreveram juntos um livro sobre o assunto, cada um deles escreveu metade. É um livro que poucas pessoas entendem, e que causou grande prejuízo à reputação de Pauli como cientista respeitável.

Wolfgang Pauli

Mas Pauli continuou vendo este número em muitos valores na física, como uma espécie de impressão digital. Ele acreditava que era um número com significado especial no universo, que aparecia para ele com frequência não apenas dentro de seu laboratório, mas fora dele também.

Enquanto ele seguia em sua busca pelo significado do número 137, sua existência e sua carreira se desestruturaram num caos cada vez mais intenso.

Perto do fim de sua vida, ele desenvolveu um câncer. Foi levado para um quarto de hospital. O número na porta era 137.

Ele disse aos amigos que não sairia daquele quarto, e eles responderam que aquilo era bobagem. Mas Pauli estava certo. Ele morreu no quarto 137.

* * *

Outros discípulos da coincidência.

Albert Einstein.

Carl Jung.

Arthur Koesller.

Paul Kammerer.

Hoje, **20 DE DEZEMBRO — VEJA!!**

Coloquei as seguintes iniciais num site que cria anagramas, http://www.wordsmith.org/anagram/index.html
Albert Einstein — AE
Carl Jung — CJ
Arthur Koestler — AK
Paul Kammerer — PK
Só recebi um resultado. E quase morri de susto. Quando olhei pra tela, não acreditei. Achei que alguém estivesse fazendo algum tipo de brincadeira comigo. Mas só quem poderia estar me pregando uma peça era o próprio universo. O cão de caça do céu.

Conheço o trabalho de Einstein e Jung, mas sei pouco sobre Koestler e Kammerer. LER MAIS.

$*$ $*$ $*$

Paul Kammerer, contemporâneo de Jung. Mais famoso como geneticista, também desenvolveu uma teoria complexa sobre coincidências chamada A Lei da Serialidade. Escreveu um livro com o mesmo nome.

Em 1926, Kammerer cometeu suicídio. Foi para a floresta de Schneeberg, nos Alpes Austríacos, colocou um revólver do lado esquerdo da cabeça e puxou o gatilho.

$*$ $*$ $*$

Koestler também escreveu um livro inteiro sobre coincidências.

Enquanto escrevia, estudando Kammerer, uma chuva de coincidências lhe aconteceu. Ele achou que o fantasma de Kammerer o estivesse guiando.

Em _As raízes da coincidência_ ele discute probabilidade e sua relação com coincidências aparentes. Ele escreveu sobre como o universo parece deixar de existir no nível quântico. Discutiu o ponto fraco da física; que é só considerar a matéria, e, à maneira que Charles Michael Kittridge Thompson IV faria muitos anos depois, perguntou "Onde está minha mente?".

Com isso ele queria dizer: o que seria o universo se não fosse compreendido pela mente humana? Ele existe mesmo?

Então seus pensamentos ecoam aqueles de Jung e Pauli; para entender o universo devemos unir psicologia e física. Mente _e_ matéria.

Arthur Koestler cometeu suicídio em 1983. Fez um pacto suicida com sua esposa, e ela se matou com ele.

* * *

George Price, um dos maiores pensadores dos Estados Unidos. Também geneticista. Inventor da Equação Price.

Price começou a ficar obcecado com coincidências. Depois que uma incrível série delas apareceu em sua vida, ele, sendo um matemático brilhante, calculou a probabilidade do que havia acontecido, e achou inacreditável.

Ele desistiu e teve que admitir que Deus existia.

Como resultado, passou por uma espécie de conversão religiosa. Entrou numa igreja em Londres no dia 14 de junho de 1970 e pressionou o padre para lhe dar as respostas que ele buscava.

Ele doou todo o seu dinheiro e os seus bens para a caridade e convidou mendigos para dentro de sua casa. Também se interessou por um número de três dígitos, embora o número DELE fosse 666. Um número infame, popularmente conhecido como O NÚMERO DA BESTA, embora Price acreditasse que ele tivesse um significado oculto e verdadeiro.

Ele cometeu suicídio calmamente, em 1975, abrindo a artéria carótida com uma tesoura de unha. Deixou um bilhete na porta do banheiro, para quem quer que o encontrasse.

Em seu bilhete suicida ele citou um poema.

O poema era O cão de caça do céu.

Two dried mice — Dois ratos secos

Tudo o que aquele trecho no Livro Breu fez foi me apavorar.

Benjamin não estava entendendo muito bem o que estava escrito. Na verdade, nem eu, mas compreendi o bastante para ficar seriamente preocupada.

Ele ainda não tinha terminado quando chegamos ao hotel, e concluiu a leitura sentado na cama, comigo ao seu lado, enquanto eu me perguntava por que ainda estava prestando atenção ao barulho de Nova York lá embaixo na rua, quando deveria estar me concentrando em descobrir se o papai terminaria seguindo o exemplo daqueles homens, que ficaram obcecados com coincidências e acabaram com a própria vida no final das contas.

Eu queria gritar, chorar, mas não podia fazer nem uma coisa nem outra.

Benjamin jogava conversa fora com Stan, como se nada de estranho estivesse acontecendo. Não dava para acreditar que ele ainda estivesse acordado; eu estava exausta, queria me encolher na cama, dormir e rezar para que, quando acordasse, tudo tivesse sido o sonho mais bizarro da minha vida, nada mais.

— É só isso? — perguntei a Benjamin.

— Eu já disse — respondeu contrariado. — É o fim do caderno. Não tem mais nada. Fim.

— Qual era mesmo aquele endereço na internet? Que estava no caderno?

Benjamin suspirou.

— Você disse que a gente ia comer alguma coisa. Tem um café. Bem aqui embaixo. A gente podia ir até lá.

— Sim — concordei. — Prometo. Mas me leva até o laptop do papai antes, pode ser?

— Tá bom, Laureth — obedeceu Benjamin, e mais uma vez percebi que não apenas precisava dele, mas eu também amava muito meu irmão.

Liguei o MacBook do papai e pedi para Benjamin me dizer o endereço do site.

Digitei as iniciais que papai havia usado; Albert Einstein AE, Paul Kammerer PK, Carl Jung CJ, Arthur Koestler AK.

Apertei o enter, e, antes que eu pudesse sequer acionar o VoiceOver para ler o resultado para mim, Benjamin se antecipou.

— Por que o nome do papai está na tela? — perguntou.

Gelei.

Não entendi o que estava acontecendo, não entendia o que se passava na cabeça do papai, nem o que todos esses acontecimentos estranhos significavam. Queria alguém para me ajudar, para me dizer que estava tudo bem, que não havia nada, absolutamente nada, de errado.

— Por que o nome do papai está aí?

— É isso que aparece? — perguntei. — O resultado do anagrama?

— Sim. Que estranho. Por que você digitou essas letras?

— Não importa — desconversei.

Eu me levantei.

— Vamos arrumar alguma coisa para comer?

— Eba! Stan disse que...

— Na verdade... Espera um pouco. Tem uma última coisa que quero fazer enquanto o laptop está ligado.

Benjamin resmungou e levou Stan para a janela.

— Tá vendo aquele café, Stannous? — perguntou. — Em breve. Muito em breve, você, eu e minha irmã iremos lá comer alguma coisa. Você topa? Topa, né? Que bom!

Enquanto Benjamin conversava com Stan, chequei meus e-mails. Talvez mamãe tivesse mandado uma mensagem depois de não conseguir entrar em contato pelo telefone. Talvez papai houvesse escrito.

Senti um vazio por dentro. Estava arrasada. E, de repente, senti que era hora de desistir. Decidi escrever para mamãe e pedir que ela nos buscasse.

— Bem, Stan, o que você achou no caderno do papai? Estranho, né?

Ouvi Benjamin se afastar da janela e sentar na cama de novo, depois escutei páginas virando.

Acessei minha conta de e-mail.

Não havia novidade de ninguém. Só spam.

— Muito estranho, na verdade — disse Benjamin para Stan. — Se é assim que se faz um livro, acho que eu não quero ser escritor quando crescer.

Estava prestes a escrever para mamãe quando, por hábito, entrei no e-mail do papai também. Foi aí que encontrei uma mensagem do Sr. Walker, Michael.

Era recente, enviado depois de termos nos encontrado com ele, mais cedo naquele dia, e dizia o seguinte:

Prezada Laureth,

Há algo que eu deveria ter mencionado sobre o caderno de seu pai. Para ser sincero, foi algo que, a princípio, achei peculiar demais para dar crédito, mas andei refletindo a tarde inteira e acho que não posso mais permanecer calado. Se estiver disponível esta noite, gostaria de saber se você e seu encantador irmão poderiam me encontrar às oito horas na esquina da rua Nobell com o bulevar Baisley, no Queens. Seria mais fácil mostrar do que explicar.

Atenciosamente,
Sr. Michael Walker

Dava pra perceber que era ele mesmo. Eu não conhecia mais ninguém que falasse daquele jeito. Fui checar meu telefone e então lembrei que estava quebrado.

— Que horas são? — perguntei a Benjamin, mas ele não respondeu.

Pensei no e-mail que estava prestes a escrever, e senti uma minúscula centelha de determinação dentro de mim. Se eu desistisse agora, não só mamãe ficaria furiosa, mas eu também teria fracassado. Ela ficaria furiosa de qualquer jeito, mas eu queria encontrar papai primeiro. Pessoalmente.

— Benjamin! Que horas são?

— Hein? O que foi? Ah, são sete... quero dizer, sete... e quinze.

— Temos que ir — falei.

— Comer?

— Vamos comprar algo para viagem. Venha.

Mandei uma resposta rápida para o Sr. Walker, e descemos de escada de novo, por sorte dessa vez Benjamin me ajudou a evitar o primeiro degrau.

— Está meio fantasmagórico aqui — disse ele.

— O quê?

— Está tão escuro agora, parece um filme de terror.

— O quê? O corredor?

— O hotel inteiro.

— Talvez eles queiram economizar nas contas de luz.

— Moderninho demais, papai diria.

— Você já falou isso.

— Eu sei. Estou falando de novo.

Conseguimos sair do hotel inteiros, atravessar a rua e entrar no café.

Benjamin me guiou até o balcão, e perguntei o que ele queria.

— Um sanduíche de queijo, por favor. E Stan vai querer um rato seco.

— Vou ver se eles têm.

— Na verdade, ele está dizendo que quer dois ratos secos.

No fim, não é tão simples pedir dois sanduíches de queijo numa *deli* em Nova York, então foi necessária uma longa conversa entre três pessoas para decidir que tipo de pão queríamos, que tipo de queijo, o que queríamos colocar no queijo e mais uma centena de coisas. O homem atrás do balcão era muito paciente e amigável, mas eu estava preocupada com a hora de encontrar o Sr. Walker. Por sorte, era bem fácil comprar duas latas de Coca-Cola, mas durante todo o tempo em que conversei com o atendente, alguma coisa estava me incomodando, algo desagradável. Além disso tudo, uma parte de mim insistia em gritar "por favor, qualquer coisa menos suicídio" a todo volume.

— Eles têm rato? — perguntou Benjamin.

— Não, acho que não.

— Você perguntou?

— Não com todas as letras.

— Bem, pode perguntar, por favor? Porque Stan está com fome.

Sorri para o homem atrás do balcão e perguntei em voz alta:

— O senhor teria um rato seco para o corvo do meu irmão? Por favor?

O homem deu risada.

— Não temos desde a última visita da vigilância sanitária. Aqui está, querida. São quatorze dólares e oitenta.

Então me dei conta do que estava me deixando desconfortável; estava sentindo um cheiro nauseante de fumaça de cigarro. Não costumo sentir muito esse cheiro, mas, quando sinto, é horrível. Aquele cheiro de fumante inveterado, um fumante que nunca troca de roupa nem lava o cabelo. Que fede a cinzeiro sujo há dias. Isso me fez querer sair logo do café, e falei para Benjamin pegar nossas coisas enquanto eu pagava.

Benjamin fez um barulho estranho, e algo caiu no chão.

— Você deixou cair alguma coisa? — perguntei.

— Arrã — confirmou Benjamin.

— O quê? O que foi que você trouxe?

— Stan — respondeu Benjamin.

— Stan não faz o mesmo barulho que um livro quando você o deixa cair.

Benjamin pegou o que quer que fosse e segurou minha mão.

— Por favor, pode levar nossas bebidas — pediu —, porque já estou segurando Stan e os sanduíches.

— E?

— E... o caderno do papai. Laureth, tem mais uma coisa nele.

— *O quê?* Você disse que tinha acabado.

— Eu sei. Mas papai fez uma coisa estranha.

— O quê? O que ele fez?

— Escreveu atrás do caderno também. Tem uma coisa atrás. Uma coisa esquisita.

— Atrás? — Eu queria gritar, mas consegui me conter. — Atrás do caderno? Por que você não viu antes? Por que não checou essa parte de trás até agora?

— Você não me pediu — respondeu Benjamin. Então, em voz mais baixa, acrescentou: — Não gosto quando você fica zangada.

Mordi a língua e esperei um instante, tentando lembrar que Benjamin só tem 7 anos, e que eu o havia sequestrado, que já tinha passado muito da hora de qualquer criança dormir, quanto mais ele, e que ninguém jamais me perdoaria por nada disso.

— Desculpe — falei. Queria abraçá-lo, mas minhas mãos estavam ocupadas. — Não estou zangada. Você está se saindo muito bem. Mesmo.

Então saímos da *deli* e o mensageiro do The Black King chamou outro táxi para nós.

— Vocês estão tendo um dia e tanto — comentou.

A voz dele estava meio tensa, e fiquei pensando se ele sabia o que Margery Lundberg estava preparando para nós; um poço de crocodilos, talvez, ou algum tipo de raio fatal.

— Arrã — murmurei.

Seguimos para o Queens, enquanto, entre goles de Coca-Cola e mordidas no sanduíche de queijo, Benjamin lia o que tinha encontrado no final do caderno de papai.

Ele estava certo. Se as coisas já pareciam esquisitas antes, essa agora tinha sido a mais estranha de todas e, de longe, a mais assustadora.

UMA PROVA DURA

Que droga isso que achou aqui: uma prova dura. Ele ronda tudo: Clã Morte Pura. Cão coisa-ruim. São ambos maus.

Que guarde isto, nos fatos mire. Seu atroz nome; Clã Morte Pura. Cão? Diabo, satã! Seu falso nome pro podre ódio; usa gente ruim que omite tudo.

Bem, achei, como Poe, algum fato.

Que Pauli sabe? Que Price acha?

— Que fatos põem cão livre.

Late, faz, corre, mata.

Jaz homem puro: bom, sábio, rico.

Vão todos.

Cada fim falso; como uma farsa, como são contra tudo.

*   *   *

Cão corre, mata, sem parar. Toda vez assim: mira sua presa, uiva, sai, corre pelo seu mundo. Você vai fugir. Esse cão velho cata sua presa tola. Ser baixo!

Fuja!, vai dizer. Fuja! Mas cairá. Fato! Mau homem virá pra criar caos. Irá matar você. Fim falso nada. Sua culpa será.

* * *

Uma coisa real: Clã Morte Pura.
    Vai! Corre! Foge!
    Sim, deves sair.
    Bom homem, peça pra todos eles que lutem com esse mal. Nobre povo que falha. Tolo.

* * *

Ela então lerá tal texto. Pelo seu mundo todo irá andar, ágil. Cão morto será. Sim, besta ruim irá jazer. Todo mal findo será.

* * *

Uma prova dura foi vista. Deve pro mundo sair. Meu Livro Breu que conta tudo. Ela fatos lerá, irá dizer isso pro mundo todo: Clã Morte Pura vem criar caos. Daí todos irão ver, assim como ela. Antes nada, mas agora tudo.

* * *

Ela chora. Sabe que parti. Pena, mas sente toda a dor. Olhos sãos não curam tudo. Seu choro quer nos dizer isto: que muito amou. Que todos amam-lhe ainda. Nada vai tirar essa dor. Nunca. Nada.

Sua sorte toda

Tinha uma frase que mamãe usava muito: "Confie em mim." Essa deve ser uma das coisas mais preocupantes de se falar. Se alguém lhe diz "confie em mim", você basicamente sabe que obedecer a essa ordem só pode ser uma péssima ideia.

— Não quero sair de novo — reclamou Benjamin, e, pela primeira vez, ele pareceu ser apenas um menino de 7 anos de idade, exausto.

Mas o que tínhamos que fazer naquele momento era pegar um táxi e sair de Manhattan, a caminho do Queens, enquanto a noite caía.

— Confie em mim — pedi. — Vai ficar tudo bem.

Houve uma breve pausa antes de ele concordar:

— Está bem, Laureth.

Essa pequena hesitação me preocupou mais do que qualquer outra coisa até aquele momento, porque significava que meu irmão tinha parado de confiar em mim, e isso me deixou arrasada.

Eu não queria obrigá-lo a reler aquelas páginas, as duas páginas bizarras no final do caderno do papai. Mas também não era necessário, porque cada frase estava gravada na minha cabeça, e, toda vez que eu ouvia as palavras dentro da minha cabeça, era como se eu estivesse diminuindo cada vez mais, e, mesmo que Benjamin e Stan fossem incríveis, eu estava me sentindo absolutamente sozinha. As palavras eram artificiais, forçadas, mesmo que poéticas de alguma forma, mas eu não me importava com isso. Eu estava interessada no que elas sugeriam a respeito do *estado de espírito* do papai. Ou seja, que ele tinha enlouquecido. Completamente.

Do que papai estava falando? De um culto? Um culto que escondia um segredo que poderia levar à morte? Que aqueles que chegaram perto de descobrir a verdade sobre as coincidências foram mortos, mas de maneira que parecesse ter sido suicídio? Kammerer, Koestler? Price, talvez até Pauli e Poe? Aquilo era a vida dele, sua vida *real*. Será que ele tinha mesmo descoberto alguma verdade oculta sobre o mundo, sobre o universo? Será que o culto tinha descoberto isso?

E quem era "ela" no texto? Eu não conseguia me desvencilhar da sensação de que "ela" podia ser eu mesma.

E eu não passava de uma garota idiota cujo cérebro estava derretendo ao tentar encontrar algum sentido naquilo tudo. Papai tinha dito que o cão seria uma metáfora para as coincidências, coisas positivas que serviriam para nos guiar; coisas boas. Agora ele parecia estar dizendo que o cão, e as coincidências também, era exatamente o oposto.

Aquilo tudo no final do caderno era verdade ou ficção? Será que ele ainda sabia como discernir?

Talvez pudéssemos resumir tudo assim: ou você acredita que coincidências têm algum significado secreto, oculto, um segredo que pode ter levado muitas dessas mentes brilhantes a acabarem com as próprias vidas, ou acha que elas são apenas acontecimentos aleatórios.

Na visão de Einstein, Deus não joga com a sorte. O que ele queria dizer é que o universo funciona de acordo com regras específicas. Essas regras podem ser um tanto complexas, mas, se conseguirmos descobrir e entender todas elas, então seria possível desvendar tudo. Imagine bolas de bilhar se espalhando numa mesa de sinuca. Parece impossível fazer os cálculos, mas, se você fosse capaz de fazê-los, poderia prever o ponto exato onde cada bola cairia, mesmo que fosse apenas uma delas batendo em todas as outras depois da primeira tacada.

Mas, segundo essa hipótese, Einstein estaria afirmando que o acaso simplesmente não existe. Todas as coisas seguem regras. E, segundo *essa* hipótese, coincidências também não seriam obra do acaso. Elas devem ter algum significado; alguma razão escondida até mesmo naquelas coincidências mais extravagantes, porque, se você escolher a outra opção, e decidir que coincidências são apenas aleatórias e não têm significado algum, isso indicaria que Deus joga com a sorte.

E não acho que Albert Einstein pudesse estar errado. Será?

Eu me lembrei da história de Pauli morrendo no quarto com seu número especial, e pensei no papai e no número *dele*, e quis gritar para ele uma pergunta muito simples:

Por que isso importa? Por que diabos você se importa? Porque eu realmente não me importava.

Só queria que papai ficasse bem. Queria que ele não tivesse enlouquecido, que não tivesse feito nada estúpido, algo que poderia impedi-lo de voltar para o hotel naquela noite; ou qualquer noite depois.

Acho que Benjamin dormiu no táxi, porque, quando perguntei se ele estava bem, ele não respondeu. Estendi a mão e o senti enroscado no banco ao meu lado. Senti seu cabelo bagunçado e Stan enfiado debaixo do seu queixo. Então me senti péssima. Eu tinha sequestrado meu irmão para o outro lado do mundo e o arrastado o dia inteiro pela cidade, sem nada mais que um sanduíche de queijo no estômago.

A viagem de táxi era longa, e eu estava começando a me perguntar quanto tempo ainda faltava quando Benjamin acordou.

— Ah! — exclamou ele. — Veja, Stan. Estamos na TV!

Achei que ele estivesse brincando, mas ele cutucou meu braço.

— Laureth! Estamos na TV!

— Estamos? — perguntei, confusa. Talvez ele estivesse sonhando. — Onde?

— Na TV pequenininha. Aquela foto de nós dois, que papai tirou no Natal na casa da vovó. Mas o som está desligado...

— Não encoste! — avisei. — Vou ligar o som, Benjamin. Apenas me diga onde é.

Ele obedeceu, mas levou um ou dois segundos, e só conseguimos ouvir o final da matéria.

—... podem estar em qualquer lugar da cidade. Oficiais da alfândega e da proteção de fronteira do JFK estão enfrentando uma enxurrada de perguntas. Todos querem saber como duas crianças inglesas conseguiram sair do aeroporto hoje mais cedo.

O tom de voz da apresentadora mudou. Antes estava séria e grave. Agora ficou suave e gentil.

— Então, por favor, se vocês virem essas duas crianças desaparecidas, faça a coisa certa e entre em contato com a polícia, ou algum outro profissional de segurança adequado. Lembrem que a menina mais velha tem apenas 16 anos e é cega. Ela deve estar apavorada por ter se perdido em nossa cidade imensa. Ela está sozinha com o irmão pequeno. São completamente indefesos.

Fiquei sentada, sem fala, enquanto a apresentadora continuava tagarelando.

— Agora as notícias dos esportes! Hoje os Jets revelaram o nome...

— Uau! — exclamou Benjamin. — Estamos famosos! Desculpe por você não estar na foto também, Stan. Não se preocupe, talvez mostrem outra com você mais tarde.

— O motorista ouviu aquilo? — sussurrei.

Benjamin pensou por um minuto.

— Não sei. Acho que não. Ele está só dirigindo.

— Que bom. Que bom.

Um turbilhão de pensamentos me passou pela mente enquanto eu tentava entender o que aquilo significava. Como eles sabiam que estávamos em Nova York? Eu sabia que eles tinham nossos nomes na lista de pessoas que passaram pela imigração naquela tarde, mas por que iriam pensar que estávamos desaparecidos? A menos que alguém tivesse avisado...

E como alguém *sabia* que estávamos desaparecidos? Tinha aquela ligação da mamãe algumas horas antes, mas como ela sabia que havíamos sumido? E, mesmo que soubesse, como poderia adivinhar que estávamos em Nova York?

Não tive tempo de responder a nenhuma dessas perguntas, porque nossa viagem terminou.

O táxi parou de repente, encostando no meio-fio no último segundo.

— Trinta e cinco e quarenta — anunciou o taxista.

Quase gritei com ele.

— O quê?

— Ei, moça, não tenho culpa da tarifa noturna. Reclama com o prefeito. São trinta e cinco dólares e quarenta centavos.

— Não — disse eu. — Não, olha só. É que...

— Laureth — começou Benjamin. — Paga pra ele. Michael está esperando.

Peguei uma nota de cinquenta dólares no bolso esquerdo e a entreguei ao taxista, mas estava assustada. O número do papai estava nos perseguindo. E, se o número estava, então talvez o cão estivesse também.

O motorista me deu o troco e saltamos. O lugar era muito mais silencioso que em Manhattan, no hotel. Ainda fazia calor, embora eu soubesse que o sol já havia se posto. Dava pra ouvir um ou dois carros na rua mais acima, porém, fora isso, estava tudo muito tranquilo.

Benjamin pegou minha mão e me levou até onde Michael estava.

— Laureth, Benjamin — cumprimentou ele, ainda naquele seu tom de voz rebuscado. — Fico contente em ver vocês novamente.

— Nós também, Michael — respondi. — O que houve?

Eu me perguntava se ele tinha visto nós dois na TV.

— Sabe, andei pensando no seu nome. É bastante incomum.

— É galês — desconversei. — Você nos fez vir até aqui para perguntar isso? Achei que...

— Não, não. Há um outro assunto. Diz respeito ao caderno do seu pai.

— E então?

— E, bem, tive a oportunidade de dar uma olhada nele quando o encontrei. Era bastante peculiar, mas havia uma coisa que me perturbou um pouco. Instigou minha curiosidade, digamos assim.

— O que era?

— Percebi que seu pai está interessado no fenômeno da coincidência, certo?

— Pode-se dizer que sim.

Ou, pensei, pode-se dizer que ele enlouqueceu, e talvez até pior do que isso.

— Percebi que ele parece fascinado com um número, talvez você esteja ciente disso.

— Sim — respondi. — Trezentos e cinquenta e quatro. O que tem o número?

— Quero lhe mostrar uma coisa. Eu moro logo ali. E frequento a escola, quando julgo absolutamente necessário, exatamente aqui.

Ele fez uma pausa, e eu percebi o que estava acontecendo. Era um silêncio que eu tinha aprendido a reconhecer, um silêncio que significava que alguém havia acabado de perceber que estava tentando fazer um cego olhar para alguma coisa e, por causa disso, ficou profundamente constrangido. Às vezes esse constrangimento deixava as pessoas zangadas, como se a culpa fosse minha. Mas dessa vez foi diferente. O Sr. Michael Walker sabia como proceder.

— Sinto muito. Esses dois detalhes são irrelevantes. O que *é* importante para nós é a minha escola. Talvez Benjamin possa ler a placa para você, para que tenha certeza de que não estou inventando nada. Benjamin?

— Está escuro, eu não consigo... ah, espere. Ei! Que engraçado.

— O que é tão engraçado?

— A escola do Michael. Ela se chama Escola Pública 354. É o número do papai de novo!

— Sim, está vendo? Foi isso que achei tão peculiar — afirmou Michael, e começou a explicar mais uma vez como encontrou o caderno e entrou em contato comigo.

Era o cão de novo, no nosso encalço.

— Tem mais uma coisa — continuou Michael. — Eu me lembrei de mais uma coisa sobre a ocasião em que encontrei o caderno.

— Lembrou? O quê? — perguntei.

— Um trem estava passando na hora.

— E daí?

— Bem, o caderno pode ter caído do trem. O lugar que costumo frequentar fica debaixo da ferrovia, numas árvores perto da ponte de Baisley. Vasculhei meticulosamente a memória e agora tenho certeza, havia um trem passando lá em cima na hora.

— O caderno caiu do trem? — perguntei.

Isso significava que papai esteve num trem? Ou apenas o caderno? Pensei numa série de perguntas e fiquei um pouco irritada por Michael não ter mencionado isso antes, mas naquele momento as coisas desandaram de verdade.

Ouvi uns passos se aproximando.

Em seguida, eles pararam. E Michael se interrompeu no meio de uma frase.

Então ouvi Benjamin dizer:

— Uau! Aquilo parece uma faca de verdade.

Ouvi uma voz que eu não conhecia.

— Dá o fora. É, você mesmo. Não quero gente do seu tipo bisbilhotando nos meus negócios. Eu mandei dar o fora!

Ouvi Michael emitir um ruído estranho com a garganta e depois sair correndo.

Senti o cheiro de fumaça. Uma fumaça fedida, velha e rançosa, como se um cinzeiro tivesse sido virado em cima de mim, e então percebi que tínhamos sido seguidos.

Foi outro erro

— C omo eu te amo.

Parada ali numa rua do Queens, diante daquele homem desconhecido com uma faca, me lembrei da última coisa que meu pai me disse, da última vez que nos encontramos. Naquele domingo à noite, quando saí do carro e entrei correndo no colégio, ele disse que me amava. E eu não respondi.

Tudo em que eu conseguia pensar era *por favor, me dê uma chance de dizer isso pra ele.* Por favor, por favor, por favor.

Na maior parte do tempo a *ficção* é mais estranha que a *realidade,* apesar do que diz o ditado. Mas aí, muito de vez em quando, a vida real vira uma confusão espetacular.

Papai estava certo. Existe mesmo um segredo em relação às coincidências, e também um culto de homens violentos espalhados pelo mundo cujo trabalho é proteger esse segredo. Matar e fazer as mortes parecerem suicídio.

E um desses homens estava parado na minha frente com uma faca na mão.

Ou era o que parecia.

Então, justo quando achei que tinha entendido, tudo ficou ainda mais confuso, porque o homem com cheiro de fumaça começou a conversar conosco.

— Bem. Assim está melhor, né? Não queremos gente do tipo dele interferindo nos nossos negócios, certo?

Sua voz estava mais baixa que antes, e ele parecia agir como se fôssemos amigos, mas eu sabia que não era verdade. Puxei Benjamin para perto de mim, e ele me agarrou como um carrapato. Senti Stan espremido entre nós.

— Escuta...

— Não, você me escuta. Presta atenção que quem vai falar sou eu, certo?

Ouvi o som de alguém tateando, depois um fósforo sendo riscado e o homem tragando um cigarro.

— Caramba! — exclamou ele. — Agora sim. Não se pode mais fumar em lugar nenhum dessa cidade. Não pode fumar no café, não pode fumar no táxi...

— Você está bem? — sussurrei para Benjamin, que estava imóvel ao meu lado, e entendi que ele sabia que era uma faca de verdade.

— Ele está bem — disse o Fumaça. — Ótimo. Então. Vocês dois estão famosos, certo? Estávamos planejando qual seria nosso próximo passo quando vocês entraram naquele café, o que ajudou bastante, né?

— O que você quer? — Consegui perguntar.

— Cala a boca — disse ele, no mesmo tom grosseiro que tinha usado pra falar com Michael. — Vou dizer o que eu quero: o número do cofre.

— O cofre...? — perguntei, sentindo a primeira de uma longa série de coisas estranhas que começavam a arrepiar os pelos da minha nuca.

— Não banque a espertinha comigo — repreendeu ele. — Você quer ir para casa, certo? Bem, ainda dá pra conseguir, entendeu? Tudo o que tem que fazer é me dizer o número do cofre.

— Sim — respondi. — Claro, vou dizer. Mas não sei de que cofre você está falando.

— Eu falei para não bancar a espertinha comigo!

Então Benjamin se encolheu, e deduzi que o homem tivesse apontado a faca na direção dele.

— Agora sabemos em qual quarto vocês estão. Passamos a droga do dia inteiro sentados naquele café italiano, observando o terceiro andar, porque eu sabia que vocês não estavam no segundo. Só queria saber em que quarto seu pai estava, e então vocês apareceram no café. Eu vi vocês dois mais cedo, tá? Pela janela... E lá estavam vocês. Na televisão. Crianças inglesas perdidas, pai famoso. A garota é cega... Então sabemos o quarto, e não banque mais a espertinha.

Eu me sentia tudo, menos esperta.

— Estamos no quarto 354 — respondi. — Você está certo.

— Laureth! — gritou Benjamin.

— Shh! — Tentei fazê-lo ficar calado.

Eu só queria dizer alguma coisa pro homem, qualquer coisa que desse a entender que eu estava colaborando, qualquer coisa que pudesse acalmá-lo, porque de vez em quando sua voz ficava macabra, e eu só conseguia pensar na faca, em Benjamin e em mim.

— Obedeça a sua irmã, certo? — recomendou o homem, e Benjamin grudou ainda mais em mim. — Daí a gente chegou no seu pai no trem para Providence. Nós ouvimos ele falando da fortuna que havia guardado no cofre. Então pegamos ele, o telefone, a carteira, certo? E ficamos com a chave do quarto, então sabíamos o hotel, só que não tinha nenhum número no cartão. Então não dava pra saber qual era o quarto. Não até vocês aparecerem. Então diz logo a droga da senha do cofre e podem voltar para casa. Sem o seu dinheiro e o seu telefone. Certo?

Ouvi o homem tragar o cigarro e soltar o ar demoradamente.

Então ele gritou.

— Agora!

— Eu não sei — gritei de volta, desesperada.

Eu estava tremendo. Comecei a chorar, e Benjamin se apertou ainda mais contra mim.

— Desculpa. Não sei. Mas de todo modo papai não tem uma fortuna. Ele não é rico.

— Eu falei para não bancar...

Ele parou.

Outra voz se fez ouvir. Ouvi passos, mais que um par. A voz falou:

— Ei, cara, vai encarar todos nós?

— Calmaí — falou o Fumaça.

— Tenta machucar *qualquer um* — ameaçou outra voz — e você não sai vivo daqui.

Benjamin estava puxando minha mão.

— É o Michael! — sussurrou ele. — É o Michael. Ele trouxe uns amigos!

Deu pra perceber.

— Ei, eu só estava tendo uma...

— Cala a boca — disse outra voz. — Michael aqui disse que você foi grosseiro com ele. Disse que você não gosta de gente do nosso tipo. É verdade?

— Não, não — respondeu o Fumaça, agora assustado.

— Agora, meus camaradas...

— Larga a faca agora — ordenou a terceira voz. — Larga a arma, a carteira e o telefone, e aí pode dar o fora daqui. Vou lhe dizer uma coisa. Não curto pessoas sendo grosseiras com meu irmão.

Senti alguém pegar a minha mão.

— Sou eu, Laureth — disse Michael. — Vamos embora.

— Michael! Quem está com você?

— Meu irmão. E os amigos dele. Fui chamá-los.

Deixei Michael me guiar para longe do Fumaça e dos outros.

— É isso aí — falou o irmão de Michael. — No chão mesmo. Agora, meu amigo...

Ouvi um baque surdo e o barulho de alguém bufando, tudo ao mesmo tempo.

— Pode tirar a porcaria da sua língua suja daqui, certo?

Houve outro baque, e ouvi o Fumaça gritar.

— O que está acontecendo? — gritei. — Não! Para!

— Cara, ele pôs uma faca em você. Ele mostrou a faca para Michael! E meu irmãozinho pode ser esquisito, mas ainda é meu irmão, tá bom? Então esse covarde vai...

— Não — gritei. — Por favor, não! Isso também não resolve nada. Por favor, não faça nada com ele. Por favor.

— Laureth — disse Michael. — Acho que não devemos interferir...

— Não! — insisti. — Não quero que vocês machuquem ele.

— Não vamos matá-lo. Só ensiná-lo a pensar duas vezes.

— Por favor! Por favor. Quero perguntar uma coisa a ele.

— Você o quê?

— Por favor?

O irmão de Michael fez uma pausa, depois disse:

— Pergunta aí.

— Você — gritei. — Você. Machucou o meu pai? Ele está bem?

Houve silêncio e depois outro soco.

— Responda à pergunta — ordenou alguém.

E então ele falou:

— Ele está bem. Vai levar um tempo para voltar de Providence, mas não encostamos um dedo nele.

— Não tou gostando de nada disso — comentou um dos amigos de Michael.

— Olha — pedi —, por favor, não o machuquem. O que tem na carteira dele? Algum documento? Podemos denunciá-lo.

Houve uma longa pausa, e a única coisa que eu ouvia era o Fumaça gemendo, caído no chão em algum lugar.

— Hum... — concordou o irmão de Michael. — Hum, droga, tudo bem. Mas vamos ficar com as coisas dele, pra ele não sair daqui.

Considerei essa opção. Tinha que admitir que parecia uma boa ideia. Eu queria voltar para o nosso quarto o mais rápido possível, mas não queria aquele homem à solta, nos seguindo por aí.

— Ei, vocês não podem ficar com todas as minhas coisas. Como eu vou voltar para casa?

— Você deveria ter pensado nisso antes — retrucou o irmão de Michael. Ele parecia muito durão.

— Ora, vamos. Me dê alguma coisa. Dez dólares, mais ou menos.

— Ele tá de brincadeira? — perguntou outra pessoa.
— Ele só pode estar brincando.

— Vamos fazer assim — falei. — Eles vão ficar com sua carteira e seu dinheiro. Mas você pode levar o telefone.

— O quê? — gritou o irmão de Michael. — Você ficou maluca?

— Tudo bem — respondi. — Benjamin, pegue o telefone do homem e o entregue a ele. Quando quiser, Benjamin. Tudo bem? Confie em mim.

Confie em mim. Eu poderia ter pensado em algo melhor para dizer, mas Benjamin entendeu no mesmo instante. Saiu do meu lado e deu pra ouvir um ruído quando ele pegou o telefone do asfalto.

— Tudo bem, Benjamin?

— Tudo bem, Laureth.

Ele voltou para perto de mim e me deu um abraço.

— O Efeito Benjamin está em ação — sussurrou.

— Ainda acho melhor não deixarmos esse cara sair daqui — completou alguém, mas aí já não importava o que achávamos, porque ouvimos a sirene da polícia e outra pessoa gritou.

— Alguém deve ter avisado. Vamos...

— E ele?

— Amarre o babaca no portão da escola com o cinto. Ele pode explicar o que está fazendo aqui.

Michael segurou meu pulso.

— Você não quer uma entrevista com o Departamento de Polícia agora, quer?

— Não — respondi. — Quero voltar para o hotel. Quero encontrar meu pai antes que alguém nos detenha e mande a gente voltar para casa. E quero saber o que tem no cofre dele.

— Então vamos — disse Michael.

Então ele, Benjamin, Stan e eu corremos por uma viela que ele conhecia, em direção à rua principal, bem na hora em que o carro da polícia chegou, apitando, ao portão da EP 354.

Tem ruído alto

Paz de espírito. Precisava disso mais do que nunca. Mas uma coisa me incomodava. Então, quando Michael conseguiu um táxi para nós, de repente quis fazer uma pergunta pra ele.

— Michael, o que ele quis dizer?

— Perdão, Laureth — respondeu ele, daquele seu jeito peculiar. — Não estou entendendo.

— O homem. O homem com a faca. O que ele quis dizer com "pessoas do seu tipo"?

Ouvi um carro subir no meio-fio.

— Seu táxi chegou — avisou Michael. — O que ele quis dizer? Laureth, ele quis dizer que sou negro.

— Você é negro? — perguntei estupidamente.

— Sou — disse ele. — Isso tem importância para você?

— Eu não me importaria nem se você fosse verde de pintinhas rosas. Por que isso teria importância para mim? Nem sei o que é cor.

Ele pensou por um tempo.

— Olha, esse cavalheiro não vai esperar para sempre. Mas fico me perguntando... Você presumiu que eu fosse branco?

— Michael, não presumi que você fosse nada. Tenta entender, eu não vejo o mundo. Não vejo cores, então não penso dessa forma.

— É fascinante — comentou. — É um modo muito diferente de...

Ele hesitou.

— De quê? De ver as coisas? Tudo bem, você pode falar, isso não me ofende. Digo isso o tempo todo. Sim, é um modo diferente de ver as coisas.

— Mas como deve ser o seu mundo? — Ele quis saber.

— O que você acha desta cidade, de que maneira a compreende?

O taxista buzinou, mas eu ignorei.

Dei um passo na direção de Michael e pus a mão nos olhos dele.

— Assim — falei. — Apenas escute. O que você está ouvindo?

— O tráfego.

— Sim. Tem o tráfego, mas você consegue ouvir os sons dentro dele? Tem um caminhão grande passando ali, e alguém está impaciente com outra pessoa logo ali, um toque de leve na buzina. E tem um esgoto com a tampa solta bem perto de nós. E mais sirenes ao longe, embora aquela que foi atrás do nosso ladrão tenha parado agora. E tem um helicóptero sobrevoando, e um avião ainda mais acima. Tem um cara vendendo garrafas d'água por um dólar no fim da rua, e alguém acabou de passar com um cachorro, um cão pequeno. E eu ainda nem *comecei* a falar dos cheiros.

Senti suas bochechas se moverem num sorriso sob minhas mãos.

— E agora é melhor a gente ir — falei.

— Laureth! Me manda um e-mail? Por favor?

Sorri.

— Mando.

ოₙ4

Benjamin e eu entramos no táxi, seguindo em qual direção?

Outra porta a ser atravessada? Eu estava desesperada para que papai estivesse do outro lado.

— Para que nós viemos até aqui? — perguntou Benjamin. — Aquele homem ia mesmo nos machucar?

— Não — respondi, depressa. — Claro que não. Ele só queria nos assustar.

— Como você sabe?

— Eu... não sei. Estou chutando. Mas presta atenção, Benjamin. Ele disse que não machucou papai! Papai está bem. Mas está perdido em algum lugar.

— Providence.

— O quê?

— Foi o que o homem disse. Ele falou Providence. É um lugar?

— Não tenho certeza. Acho que deve ser.

— Nós vamos a Providença encontrá-lo?

— Providença? Seu bobo. Sim — falei. — Vamos fazer isso. Amanhã.

— Mas...

— Está tarde demais. Precisamos dormir. E quero abrir aquele cofre.

Eu queria, precisava, abrir o tal cofre, porque agora estava convencida de que papai tinha colocado lá dentro alguma coisa que tinha arrumado toda essa confusão.

— Mas como vamos abri-lo sem uma chave?

— Eles não têm chaves, têm códigos.

— Mas não sabemos qual é o código.

— Acho que sabemos sim — afirmei, e ouvi Benjamin dar uma risada.

— Ah, é.

$$\mathrm{m}\mathrm{m}$$

O táxi parou, e corremos para dentro.

— Se você vir uma mulher que pareça se chamar Margery, não deixe ela se aproximar de nós — recomendei, apertando a mão de Benjamin.

O barulho no saguão estava mais alto do que nunca. Tinha uma música alta tocando, e o lugar agora mais parecia uma discoteca.

— Certo — gritou Benjamin. — Como vou saber?

— Você vai. Na verdade, leva a gente até o elevador o mais rápido que puder.

— Não se preocupe — disse ele. — Ninguém vai nos ver nessa confusão.

— Como assim?

— Está muito cheio. E escuro. O lugar está lotado.

As portas do elevador se fecharam, e o barulho diminuiu.

— Pode ser que Margery Lundberg tenha se esquecido de nós — considerei. — Podemos colocar a placa de "Não perturbe" na porta, e talvez ela nos deixe em paz.

Descemos o corredor, peguei a chave do quarto e fiquei feliz pelo irmão de Michael ter ficado com as coisas do Fumaça e, com isso, presumivelmente, com a cópia da chave do papai. Foi o que imaginei. E era por causa disso que eu estava prestes a ter mais uma lição com a ajuda da teoria da mamãe, aquela sobre aprender as coisas do jeito mais difícil. Eu estava prestes a descobrir como tentar deduzir as coisas pode ser perigoso.

Entramos no quarto, e Benjamin suspirou.

— Vou deitar um pouco — avisou.

— Tudo bem — respondi. — Onde fica o cofre?

Ele procurou pelo quarto durante um tempo, e então ouvi a porta de um armário deslizar.

— Achei. Aqui no chão, dentro do armário.

— Ok.

Eu me ajoelhei na frente do cofre. Encontrei o teclado. O número do meio sempre tem um pequeno relevo, e é sempre o cinco.

Digitei 354. Nada.

Benjamin estava de pé do meu lado.

— Não pode ser isso — argumentou ele. — Precisa de quatro dígitos.

— Quatro? — perguntei. — Mas... mas não sabemos um número de quatro dígitos.

Como se passa de três para quatro?, pensei, me sentindo tão cansada quanto Benjamin parecia estar.

No caso do papai, você passa do 3 para o 4 pondo um 5 no meio. 354. Mas eu não conseguia entender como fazer para transformar um número de três dígitos em um de quatro, e ainda assim conseguir manter o mesmo valor.

Uma sirene passou na rua lá embaixo, e dava pra ouvir Benjamin remexendo nas persianas da janela.

— Laureth — chamou ele.

— Shh. Estou tentando pensar.

Eu estava testando algumas combinações aleatórias, mas o cofre respondia com um zumbido nervoso, e a porta continuava fechada.

— Hm, Laureth, por favor — insistiu Benjamin.

— Shh!

— Laureth! — gritou ele. — Tem um homem vindo pra cá. Ele tá atravessando a rua. Um que estava no café, na *deli*. Junto com o Fumaça. Eu reparei neles mais cedo porque riram de mim quando deixei cair o caderno do papai. Está vindo para cá. Laureth! Ele está entrando no hotel!

— Ah, não — resmunguei. — Não.

Pensei logo no saguão barulhento. Escuro e lotado de pessoas. Ninguém notaria um homem aleatório subindo. Lembrei do Fumaça e de como eu tinha deduzido que ele estava com a chave do papai. Lembrei que ele tinha dito "nós" algumas vezes, e como não tinha me dado conta disso. Até agora.

E pensei no cofre e no que esses homens queriam tirar dele.

Então, pensei em Benjamin.

— Benjamin — comecei, tentando parecer o mais calma possível. — Quero que você faça uma coisa. Depressa.

— O quê?

— Quantas lâmpadas tem neste quarto?

— Duas. Não, três.

— E no corredor lá fora?

— Só duas, eu disse, é muito...

— Quero que você quebre todas as lâmpadas daqui. E da sala de estar. Depois, saia para o corredor e quebre todas as lâmpadas que encontrar. E então corra para a escada e se esconda no corredor do segundo andar.

— Quebrar as lâmpadas? Sério?

Ele parecia animado, mas eu sabia que só tínhamos alguns segundos.

— Isso! Rápido! Tenta achar alguma coisa dura e quebre todas as lâmpadas. Você tem que tentar deixar tudo ficar o mais escuro possível.

— Certo! — obedeceu ele, e, segundos depois, ouvi as lâmpadas se espatifando enquanto ele as acertava com alguma coisa firme e pesada.

Ele foi para a saleta ao lado e fez a mesma coisa, depois voltou para o quarto e, no escuro, caiu na cama.

— O que você está fazendo? — sussurrei.

Ele em encontrou e pôs algo macio na minha mão.

— Cuida de Stan para mim! — murmurou.

Meu coração bateu mais rápido.

— Eu cuido! Juro! Agora vai! Depressa!

Ele saiu tropeçando. Gritou "Tchau, Laureth!" de um jeito tão alegre e animado que eu simplesmente quis uivar de dor, e aí ouvi o ruído distante de outra lâmpada se quebrando no corredor enquanto nossa porta se fechava com um clique sinistro e decisivo.

Tateei o cofre outra vez.

Como transformar três em quatro?

Como fazer o 354 se tornar uma versão de quatro dígitos de si mesmo?

Contei os segundos na minha cabeça, tentando me lembrar quanto tempo demorava para o elevador chegar, e quanto tempo até o terceiro andar. Rezei para que

Benjamin tivesse terminado sua missão e estivesse seguro em algum lugar do segundo andar.

354...

E então entendi. É claro que existe um número de quatro dígitos que é igual a 354, e o número é 0354.

Digitei no teclado mais uma vez, e o cofre emitiu um bipe satisfeito, destravando. Tateei em volta e foi então que ouvi um cartão de plástico deslizar pela fechadura do lado de fora, e logo em seguida o barulho da porta se abrindo.

Meu maior pulo

Força. Mais do que nunca, eu precisava ser forte. Precisei de toda a minha coragem para mandar Benjamin embora, mas assim que o homem abriu a boca, eu tive certeza de que tinha feito a coisa certa.

— É isso aí, minha querida.

A voz dele me deu vontade de chorar de medo. Era uma voz cruel, de alguém que sabia muito bem o que estava fazendo, e entendi no mesmo segundo que esse era o chefe da operação. O Fumaça devia ser apenas um ajudante. *Esse* cara não estava de brincadeira, mas pelo menos eu sabia que ele não tinha encontrado Benjamin.

— É isso aí — repetiu ele, devagar. — Sei que você está aqui.

Percebi quando ele testou o interruptor.

Ele resmungou.

— O andar inteiro sem luz, hein? Não tem problema. A gente ainda pode se divertir juntos. No escuro.

Segurei firme o conteúdo do cofre. Era de papel, um único envelope grande, fino, como se não houvesse muita coisa dentro.

A porta se fechou.

— Então? Vai aparecer ou vai me fazer entrar pra te procurar?

Não falei nada. Minha respiração estava tão alta que não dava pra acreditar como ele não estava ouvindo, mesmo que ainda estivesse na antessala, e eu, no quarto.

Apoiei os calcanhares no chão e me levantei bem devagar, levando um século nesse movimento, ouvindo os barulhos que ele fazia através da porta. A voz dele estava se aproximando. Lembrei vagamente como comecei a tremer quando o Fumaça tinha nos ameaçado, e tentei manter a calma, porque sabia que dessa vez não havia ninguém para me ajudar. Nem mesmo Benjamin. Muito menos papai.

— Vi vocês entrarem aqui. Vi vocês do outro lado da rua, meu amor. Você não vai se livrar de mim.

Eu escutei ele dar dois passos para a frente e derrubar uma cadeira.

— Droga! — reclamou, e parou de andar. — Ai!

Não me mexi um centímetro. Mal conseguia raciocinar. Parecia que o medo tinha me fincado ao chão.

— Presta atenção, meu amor. Por que você não passa pra cá o que eu vim buscar e, olha só, vou até facilitar pro seu lado. Não vou te machucar nem nada assim. Dezesseis aninhos, né? Que delícia esses 16. Hummm.

A voz dele se transformou num gemido pavoroso, me deu vontade de vomitar.

— Disseram que você é cega. Você enganou a gente direitinho. Nem desconfiamos. Pelo menos, não de cara. Depois vimos como você andava sempre com aquele seu irmão. Mas vocês se saíram muito bem, nem dava para perceber. A não ser que alguém estivesse procurando os sinais.

Enquanto falava, ele vinha chegando cada vez mais perto, mas agora devagar e com cautela.

— Vamos tentar esclarecer esse assunto — falou.

Ouvi a persiana da antessala sendo puxada para cima com um estrondo.

Nesse momento, entrei em pânico. A luz da rua que entraria na outra sala seria suficiente para ele conseguir enxergar.

Pensei na planta do quarto e no lugar onde eu estava parada. A porta ficava do outro lado da cama, do lado oposto ao meu, junto ao cofre. A janela tinha persianas iguais às que ele tinha acabado de abrir.

— Oi, meu amor — disse ele na soleira da porta que levava ao quarto.

Eu ainda não tinha certeza se ele estava conseguindo me ver ou não, mas achei que não, ou então já teria partido para cima de mim.

Ele deu um passo para dentro e bateu direto na beira da cama, de metal.

— Passa tudo pra cá! — rugiu ele.

Escutei ele cambaleando pela lateral da cama.

Pulei pra cima dela, que estava bem na minha frente, e senti a mão dele agarrar meu tornozelo. Caí deitada na cama, mas ainda segurando o envelope, e então comecei a chutar como uma louca, usando a perna livre. Meu calcanhar acertou alguma coisa que era dura e macia, houve um estalo, e ele deu um berro muito alto.

Nessa confusão, soltou meu tornozelo. Pulei para fora da cama e corri para a antessala, direto para a porta.

Quando a abri, pude ouvir o bandido tropeçando em outros móveis, mas minha mão já estava na maçaneta e comecei a correr em direção às escadas.

No último instante, me lembrei daquele primeiro degrau estúpido que ficava no próprio corredor e me forcei a diminuir a velocidade, encontrar a beirada, e então disparei pelos degraus de madeira abaixo.

Dava pra ouvi-lo correr atrás de mim pelo corredor.

Não estava mais falando nada. Só soltava barulhos, grunhidos, como um animal selvagem, e isso me assustou mais ainda.

Torci para que Benjamin também tivesse quebrado as lâmpadas das escadas, e então percebi que ele tinha feito exatamente isso.

Já havia descido quase dois andares quando ouvi um grito. Foi seguido por uma série de baques enquanto o homem rolava pelos degraus de madeira. E então, ali estava eu, na porta do andar térreo, o barulho do bar logo do outro lado. Eu estava tentando desesperadamente encontrar e puxar a maçaneta, quando de repente a porta se abriu e alguém, alguém que eu conhecia muito bem, gritou meu nome mais alto que o barulho.

— Laureth!

O Sr. Woodell pode dizer o que quiser, mas de todas as *coisas* estranhas que tinham acontecido, essa era disparada a mais estranha de todas.

Papai.

Papai estava ali. Senti seus braços me envolvendo, e tive certeza de que estava tudo bem.

Ele achou amor

Amor e esperança são coisas curiosas. Por que será que quando você mais precisa, a esperança parece tão distante? Eu tinha desistido de encontrar papai novamente, e aí ele vem direto para os meus braços, e eu para os dele.

O amor também é engraçado. Posso já ter dito isso, mas fico feliz em repetir.

Por que às vezes nos esquecemos do quanto amamos uma pessoa, até que a perdemos? Por que somos tão idiotas? Não deveríamos sempre lembrar que as pessoas que amamos são mais importantes que qualquer outra coisa?

Papai passou os braços em volta de mim e caiu em prantos. Então, claro que chorei também. Aí ele começou a rir, então eu também, *claro*, depois gritei tão alto no ouvido de papai que devo tê-lo deixado surdo.

— Benjamin! — berrei. — Benjamin está lá em cima.

— Está tudo bem — acalmou papai. — Está tudo bem.

— Não! Tem um homem na escada tentando...

— Laureth! Está tudo bem. Benjamin está salvo. Está logo ali, conversando com um policial muito gentil.

— Mas ele...

— Ele atravessou uma série de portas de serviço e saiu pela lateral do hotel. Andou direto pra onde eu estava e disse: "Oi, pai, a gente estava procurando você." Daquele jeito tranquilo que você adora.

Ri de novo e depois chorei mais um pouco, e então outro homem passou por nós.

— É a polícia — esclareceu papai. — Eles vão cuidar do nosso amigo na escada.

— Você sabia dele? — perguntei. — Sabia de nós?

Papai riu.

— Vem — falou. — Vamos encontrar Benjamin antes que ele quebre alguma coisa, daí a gente conversa sobre tudo isso. Fui assaltado, Laureth! Dá para acreditar?

Ele parecia mais surpreso do que chateado com isso, exatamente como Benjamin fica, de vez em quando.

— Assaltado?

— Arrã — respondeu papai, e eu deveria tê-lo repreendido, porque é com ele que Benjamin aprende isso. Mas havia coisas mais importantes pra resolver.

— Mas e o culto? — perguntei.

— Culto? — Papai parecia confuso. — Escuta, vamos buscar Benjamin primeiro. Depois podemos conversar.

Encontramos meu irmão, e papai conseguiu convencer a polícia de que precisávamos dormir e de que iríamos à delegacia pela manhã para prestar depoimento.

O hotel tinha nos transferido para o quarto 355, por causa de todos os vidros quebrados no 354, mas não antes de Benjamin se reencontrar com Stan.

— Você poderia ter usado alguma outra coisa — disse papai.

— Desculpa, pai — falou Benjamin.

— O quê? — perguntei. — Para quebrar as lâmpadas?

— Arrã — Fez Benjamin.

— Ele usou meu laptop — explicou papai. Mas não parecia zangado.

— Foi a única coisa que eu achei — justificou-se Benjamin, na defensiva. — Tive que atirar o computador nas lâmpadas do corredor pra conseguir quebrar.

Eu ri.

— Você jogou? Ele está...?

— Digamos apenas que o Efeito Benjamin nunca foi tão... eficaz — concluiu papai. — Ainda bem que eu não tinha um romance novo armazenado nele, né? Para a minha sorte, minha filha já tinha salvado todos os meus pertences importantes.

— Aquele envelope? — perguntei. — Pai, o que está acontecendo? Quem eram aqueles homens? Por que eles achavam que você tinha uma fortuna no cofre?

— Era isso que eles achavam?

Ele ficou em silêncio por um momento, e deu pra perceber que ele estava juntando as peças do quebra-cabeça.

— Ah, agora eu entendi.

ᴖᴗᴖ

Então ele explicou tudo, pelo menos tudo o que ele sabia. Algumas partes nós encaixamos juntos no dia seguinte, quando fomos à delegacia. Eles estavam atrás de dois prisioneiros fugitivos, um deles tinha sido encontrado amarrado pelo cinto no portão de uma escola no Queens, e o outro rolou pela escada num hotel de Manhattan que ele e o tal comparsa tinham passado o dia inteiro cercando.

Papai contou que tinha ido a Providence no dia anterior. Estava ficando desesperado com *aquele* livro. Precisava escrever, mas simplesmente não conseguia. Achando que descobriria alguma coisa útil, deixou a Suíça e veio direto para Nova York para encontrar a mulher do Museu Poe, porque ainda estava fascinado com a história sobre Richard Parker. Acho que ele não contou para mamãe que estava vindo, por causa do preço do voo e tudo mais, mas ele encarou a viagem como uma última tentativa de fazer aquele livro dar certo, para que então os dois pudessem parar de se preocupar com dinheiro.

Num impulso, ele pegou o trem para Providence, porque Poe também tinha uma conexão especial com a cidade e porque ele queria visitar o túmulo dos seus escritores prediletos que estão enterrados lá.

Estava conversando com sua editora pelo celular quando saiu do trem e, do lado de fora da estação, foi assaltado pelo Fumaça e pelo outro homem.

Eles levaram todos os seus pertences e saíram correndo.

Pegaram um trem direto para Nova York, pois pensavam que havia um monte de joias no cofre do papai. Como tinham roubado a chave do quarto, sabiam em qual hotel ele estava hospedado, mas não o número do quarto. Passaram o dia inteiro na *deli* do outro lado da rua, observando o movimento, e já tinham sido expulsos por Margery Lundberg por ficarem rondando o hotel. Uma camareira tinha visto o Fumaça testar a chave do papai em todos os quartos do segundo andar.

Enquanto isso, papai ficou preso em Providence. Estava com uma enxaqueca latejante, bem no lugar em que o Fumaça tinha acertado sua cabeça com alguma coisa.

Estava sem dinheiro, sem telefone, sem passaporte ou qualquer outro documento de identidade, e contou sobre a experiência de como alguém pode, em questão de segundos, deixar de ser um cidadão do mundo e se tornar um vagabundo, invisível. Ele conhece algumas pessoas nos Estados Unidos, mas não tinha como telefonar para ninguém.

Mais tarde, se deu conta de que poderia ter ido direto à delegacia, mas estava com uma concussão ou algo assim, e não conseguia raciocinar direito. Ele enfiou na cabeça que precisava ir à Embaixada Britânica, e a mais próxima ficava em Boston.

— Boston ficava a 8 quilômetros dali — contou papai. — No fim, consegui uma carona com um senhor que dirigia um caminhão, que foi ótimo, só que ele era a única pessoa no mundo que não tinha um celular. Então cheguei a Boston e sabe o que descobri? Que era um feriado ou algo assim, e a embaixada estava fechada. Então não tinha como eu conseguir um novo passaporte e, sem isso, todos os bancos em que entrei não me deixaram retirar nenhum centavo. Eu estava paralisado. Tentei encontrar uma lan house para mandar um e-mail para a sua mãe, mas em todas que passei era preciso pagar.

Por fim, ele desabafou, desistiu e dormiu deitado num banco, na estação de trem.

Então, quando amanheceu, recomeçou as tentativas.

Acabou entrando numa biblioteca, e foi a bibliotecária que o ajudou, porque reconheceu o nome dele.

— Você escreveu aqueles livros ótimos! — exclamou. — Eu adorei todos! Bem, os divertidos, pelo menos.

Papai estava rindo de si mesmo ao nos contar essa parte, e a bibliotecária não apenas emprestou o computador dela, mas também cem dólares, do próprio bolso, quando ele explicou o que havia acontecido.

Ele escreveu para mamãe, que recebeu a mensagem em seu Blackberry.

Ela foi direto para casa, para enviar algum dinheiro ao papai, e então viu uma carta na bandeja da impressora. Aparentemente, acabei apertando o botão mais de uma vez quando estava imprimindo aquela carta dos meus pais dando permissão para que viajássemos sozinhos, para Nova York. Havia cinco cópias na bandeja.

Então ela telefonou para mim. E para a polícia. Que acionou o Departamento de Polícia de Nova York.

E o DPNY tinha chegado ao hotel ao mesmo tempo que papai, bem na hora em que Benjamin andava calmamente pela rua e o encontrou, dizendo "Oi".

— Então eu contei tudo sobre o homem malvado para o papai e para a polícia— completou Benjamin. — E eles foram encontrar você.

— Mas ainda tem muita coisa que eu não entendi — falei.

— Eu também — concordou papai. — Mas diga você primeiro.

— Bem, por que eles acharam que você tinha joias no cofre, quando não passava de um envelope vazio?

— Também andei me perguntando a mesma coisa — respondeu papai. — Mas acho que já entendi. Sophie e eu estávamos conversando sobre o contrato de publicação nos Estados Unidos que acabei de assinar, e sobre algumas questões de direitos, e aí...

Ele parou.

— O quê?

— Falei para Sophie que eu tinha uma ótima ideia para um livro novo. Que tinha me ocorrido no voo para Nova York. Você sabe como costumo ter ideias boas quando estou viajando de avião.

— E aí?

— E você sabe o jeito que nós sempre falamos a respeito das minhas ideias? Pra avaliar se elas são boas ou não?

— Ah, pai. O que você disse?

Ele riu.

— Diamantes e pérolas. E ouro. Uma fortuna. Vale milhões.

— Os homens que o assaltaram devem ter ouvido e achado que era verdade! Que estava falando sério.

— Mas eu estava falando sério! — exclamou ele. — Tive a melhor ideia *de todos os tempos* para um livro. E vale uma fortuna. Está naquele envelope. Foi por isso que coloquei no cofre. Escrevi no caderno para não esquecer, mas naquele pedaço de papel também, caso eu perdesse o caderno.

— O que acabou acontecendo mesmo.

— Rá! Sim, eu perdi, não foi? Então estava certo sobre pôr a ideia no cofre.

Ele parecia muito satisfeito consigo mesmo. Às vezes, papai parece uma criança grande.

— Mas afinal, qual é essa tal de ideia incrível?

— Segredo — desconversou ele.

— Ah, pai! — Benjamin e eu choramingamos juntos.

— Está na hora de dormir. Mas, quer saber, mostro para vocês amanhã.

Mamãe veio no primeiro voo que conseguiu, e, na hora do almoço de domingo, estávamos todos juntos novamente, sentados na *deli* em frente ao hotel, comendo sanduíches gigantescos com recheios complexos.

O mais estranho é que eles não ficaram nem chateados. Nem um pouquinho. Eu esperava que fossem ficar uma fera comigo, mas não pareciam estar.

Nós sentamos e conversamos sobre o que havia acontecido, juntando todas as peças, e papai disse algo incrível.

— Não vou mais escrever aquele livro.

Houve um silêncio estarrecido em volta da mesa. Senti que toda a *deli* estava olhando para a gente, embora soubesse que isso era ridículo.

— Sobre coincidências? — perguntei.

— É. Concluí que era uma ideia idiota. Coincidências não existem.

— O quê? — perguntou mamãe. — Você passou os últimos três milhões de anos trabalhando nele e agora decide que coincidências não existem?

— É. Coincidências não existem. Pensa só. Todos esses homens que estudaram o assunto. Jung, Pauli, Kammerer e os outros. Eles se dedicaram pra valer, tentando provar que as coincidências tinham um significado oculto; conexões secretas que ligam duas coisas, certo?

— Sim, e...?

— E estavam se iludindo. É só apofenia. Veja Pauli e seu número, 137. Nem era 137! Era 136 ponto alguma coisa, alguma coisa, alguma coisa. Ninguém nunca descobriu exatamente. Mas ele ficou obcecado com isso da mesma forma que Jung, Kammerer e Koestler ficaram obcecados com coincidências.

— Sim — falei. — E daí?

— Pensem nisso. Só há duas explicações possíveis. Ou algo é totalmente aleatório. Obra do acaso. Apenas aleatoriedade que liga as coisas. Ou, por outro lado, uma coisa fez a outra acontecer. Nesse caso, não é coincidência nenhuma, porque *tem* um motivo para ter acontecido. Um motivo pautado na causalidade, certo?

— É, sim, certo — falei. — Talvez.

— Então todos esses homens disseram que não havia causalidade nas coincidências, e passaram anos tentando encontrar alguma outra explicação. Mas *essa outra explicação* é apenas outra *forma* de causalidade. Então pronto! É isso. Coincidências não existem.

Ficamos todos em silêncio por um tempo, e então Benjamin disse:

— Se conxidenças não existem, então por que Michael estuda da Escola Pública 354?

— O quê? — perguntou papai.

Então contamos tudo sobre Michael. Como o caderno praticamente caiu na cabeça dele, pela janela do trem, enquanto os bandidos jogavam fora coisas que consideravam sem valor. E que ele estuda na Escola Pública 354.

— Sério? — perguntou papai. — Que coisa esquisita...

A voz dele falhou, deixando de novo o silêncio.

— Talvez uma coincidência, você diria? — provocou mamãe.

— Não, só acaso — desconversou papai, fugindo da briga. — Só um acaso muito esquisito.

Eu ainda não tinha tanta certeza.

— Mas e aquelas páginas no final do seu caderno? Aquela coisa sobre um clã da morte, do significado secreto das coincidências. O que era aquilo?

— Aquilo? Era o início do meu livro. O cão de caça do céu.

— Era bem bizarro — falei.

— Foi um pesadelo — disse papai. — Você percebeu alguma coisa ali?

— Era estranho. Insólito. Não era o jeito como você costuma escrever.

— Era 354. Cada palavra, em sequência, tinha três, cinco e quatro letras, respectivamente. O tempo todo. Eu ia escrever o livro inteiro assim.

— 354? O livro inteiro?

— Arrã — afirmou papai. — E para tornar tudo ainda mais divertido, cada capítulo também teria 354 palavras. Adivinha? Eu desisti. Levei um dia inteiro para escrever uma página e meia. Foi a coisa mais demorada que já escrevi na vida.

Mamãe riu.

— Mas então, gênio — disse ela. — Qual é a sua grande ideia? A que vale milhões em diamantes e pérolas.

Ouvi papai deslizar o envelope pela mesa, e em seguida colocou minha mão sobre ele.

— Abra você. E Benjamin pode ler.

Abri e levantei o pedaço de papel para que Benjamin visse.

— Só isso? — perguntou ele. Parecia decepcionado. — Três palavras?

— Arrã — confirmou papai.

— O que está escrito? — Eu quis saber. — Me digam.

— Ele achou amor — falou Benjamin.

— Só isso? — grunhiu mamãe. — Essa é sua ideia mirabolante?

Papai deu risada.

— Eu só precisava anotar para não esquecer. O resto está aqui.

— Ele está batendo com o dedo na lateral da cabeça — Benjamin sussurrou para mim.

— Esse gesto pode ter dois significados — respondi, e papai pareceu magoado.

— Ei! Quero que saibam que essa é a melhor ideia que eu já tive! Andei pensando muito. Sobre como conheci sua mãe. Lembra, Jane? Foi uma história bem doida, né? Então decidi escrever um livro.

— Decidiu? — disse mamãe. Ela parecia surpresa.

— Sim — respondeu papai. — Vou escrever um livro. Um dos divertidos.

ᘖᘔ

Passamos mais dois dias em Nova York antes de voltar para casa. Papai disse a mamãe que não se preocupasse com as despesas. Por causa da ideia mirabolante para o livro. Quando a mamãe chegou, ela ficou bem chateada por causa da suíte em que papai estava hospedado, dizendo pra ele que não podíamos bancar aquilo, mas ele contou que estava pagando a taxa do quarto normal; tinham oferecido um upgrade gratuito.

— Mas é o quarto 354 — disse ela.

— E daí?

— Você espera que eu acredite que eles ofereceram um upgrade para o quarto 354?

Houve um longo silêncio. Foi um pouco tenso. Então Benjamin disse de repente:

— É mesmo! Que estranho.

Eu mandei que ficasse quieto.

— Sim — papai disse para mamãe, em tom gentil. — Espero que você acredite em mim, Jane.

Então houve outra pausa, e mamãe falou baixinho:

— Claro que acredito, querido. Claro que acredito.

Ouvi papai dar um beijo nela, que riu como se fosse jovem, e ele disse pra ela não se preocupar mais com dinheiro.

— Diamantes e pérolas. — Ficava repetindo. — Pó de ouro e asas de fada.

∽∾

Apesar do que papai disse, não pudemos ficar em Nova York por muito tempo, mas havia duas coisas que eu tinha que fazer.

Na segunda-feira, levamos mamãe e papai para conhecer o Sr. Michael Walker. Ele e papai se deram muito bem, e fiquei bem feliz. Mais tarde, levamos Benjamin à loja de quadrinhos que ele tinha visto, e papai comprou pra ele uma pilha de gibis velhos. Enquanto estávamos na loja, pensei em Sam, no avião, e por um segundo desejei ter anotado seu telefone; só por um segundo.

Mamãe segurava minha mão enquanto esperávamos Benjamin escolher o que queria. Ela descrevia as coisas da loja para mim, mas acho que eu estava com a cabeça em outro lugar.

— Você está bem? — perguntou ela.

— Arrã — respondi. — Estou sim, mãe. Só pensando no futuro.

— No futuro? O seu?

— Sim.

— Tenha fé, Laureth. Tenha fé em você mesma.

— Fé? Ter fé em mim?

Era algo a se pensar.

— Sim. Por que não? Nós temos. Sei que fico brava com você às vezes, mas é só porque me preocupo. Mas, sabe, decidi que vou parar de me preocupar tanto.

Decidiu?, pensei.

— Confia em mim — disse ela. — Sua estrela vai brilhar.

— Como você sabe? — perguntei.

— Porque você já brilha, meu amor. Você já brilha.

Essa era outra coisa em que se pensar. Sorri para mim mesma e, pela primeira vez, não me preocupei com o sorriso.

♏︎

Andamos pela loja enquanto mamãe ia me contando sobre os itens estranhos à mostra e sobre os títulos de alguns dos gibis mais ridículos, e começamos a dar risada.

Benjamin me agarrou.

— Laureth!

Ele estava tão animado que quase perdia o fôlego.

— Papai vai comprar todas estas para mim. Tem *Lanterna Verde*, um exemplar muito antigo do *Batman* e o *Homem Invisível*. Ele é incrível!

— Que ótimo — falei.

— Não seria incrível? Ser invisível? Uau!

Enquanto papai arrastava Benjamin para pagar as revistas, eu fiquei refletindo. Invisível? Não; ninguém iria querer ser assim. Sem que ninguém notasse sua presença ou falasse com você. No fim das contas, acabaria sendo solitário demais.

A coisa mais estranha que aconteceu antes de voltarmos para casa foi que precisamos dar algumas entrevistas para jornalistas. Pelo que parecia, viramos notícia nos dois lados do Atlântico. As pessoas queriam saber por que eu tinha feito tudo aquilo, e como tinha conseguido, então decidi contar parte da verdade, mas não tudo. Talvez eu esteja aprendendo algo com papai no fim das contas. De certo modo, acabamos nos divertindo, e, embora eu esteja feliz por terem nos esquecido rapidamente, durante algum tempo me senti mais visível do que eu tinha sido a vida toda.

De vez em quando, mamãe apertava minha mão e sussurrava "obrigada" no meu ouvido. A princípio não entendi por que, mas, com o tempo, a ficha começou a cair. Acho que eu tinha assustado tanto meus pais que eles se lembraram de uma coisa importante, algo sobre quem somos e o que realmente importa na vida.

Os dois se transformaram.

Dava pra perceber claramente nas coisas que eles faziam, pela forma como se tratavam e como se chamavam de "meu amor".

Mas se papai tinha dado o assunto das coincidências por encerrado, eu ainda não.

Talvez ele estivesse certo sobre coincidências não existirem; que elas apenas aparentassem acontecer; e que muitas vezes achamos algo inacreditável só porque nos esquecemos de como o mundo na verdade é pequeno, e como estamos conectados uns aos outros e a todas as coisas nesse nosso mundinho.

Mas eu não concordava. Continuava refletindo sobre o assunto, em todas as ligações loucas que tinham levado tudo aquilo a acontecer, e isso me assustava.

Assustava muito, porque, mesmo que não passasse de mero acaso, como papai dissera, as chances de aquilo tudo ter acontecido eram astronomicamente ínfimas.

Talvez algo assim aconteça com você um dia. Algumas pessoas diriam que a probabilidade é imensa. Pense em todas as coincidências que não ocorreram por pouco; em todos esses "quase". Pense em todas as estranhas coincidências que de fato devem ter acontecido, mas ninguém *soube*.

⌒⌣⌐

Talvez aconteça algo com você.

Algo tão estranho que o faça parar e refletir.

Tão estranho quanto você pegar um livro, talvez até este mesmo que está nas suas mãos agora, olhar a primeira palavra de cada capítulo, juntá-las e encontrar uma mensagem oculta. Algo que o faça pensar, *sim*.

Sim, isso é do que todos nós *precisamos.*

Nota do autor

Uma ideia esquisita: juntar duas obsessões – coincidências e o número 354 – e transformar isso num livro. Acho que todo mundo adora coincidências, sente um tremor de prazer quando elas acontecem, e mesmo assim é difícil falar sobre elas, e mais difícil ainda estudá-las. Arthur Kloestler escreveu um livro famoso sobre o assunto, mas *As raízes da coincidência* tende um pouco demais para a filosofia da Nova Era para o meu gosto. Carl Jung é o responsável pelo estudo mais sério sobre o assunto; seu livro *Sincronicidade* acabou renomeando esse conceito curioso, numa tentativa de estabelecer a ideia de coincidência significativa. Isso o levou a tentar aplicar análise estatística à astrologia, com resultados questionáveis, mas o livro continua sendo uma obra clássica.

É quase impossível fazer alguém experimentar um pouco dessa empolgação que sentimos, mesmo diante da coincidência mais incrível – e, por sinal, as coincidências mais incríveis parecem malucas demais para ser verdade; em outras palavras, parecem mentira. Sem dúvida foi exatamente isso que pensei quando uma coisa muito improvável aconteceu comigo — ninguém a quem contei acreditou em mim. Então resolvi escrever um livro sobre isso, e o resultado é *Ela não é invisível*.

Gostaria de aproveitar para agradecer a algumas pessoas; sobretudo aos funcionários e alunos do New College Worcester; um lugar realmente inspirador para se visitar. Tenho muita sorte de ter passado algum tempo lá e gostaria de agradecer a Cathy Wright por sua ajuda incansável; a bibliotecária mais profissional, amigável e experiente que alguém poderia conhecer. Durante minhas visitas, conversei com muitos alunos, todos companhias agradáveis e bem-vindas, e quero agradecer em especial a Beth, Elin, Henry, Jasmine, Jenny e Richard — todos pessoas excelentes. Obrigado também a Ellie Wallwork e seu pai, Simon, pelo tempo que passaram comigo. Por fim, obrigado a todos na Orion, especialmente minha editora, Fiona Kennedy.

E quanto à minha obsessão pelo 354, me pareceu apropriado usar o número no livro de todas as formas possíveis...

Marcus Sedgwick
Uma clara casa
Uma clara hora
Dia sexto, maio
2013

Este livro foi composto na tipologia Minion Pro,
em corpo 12/15,2, e impresso em papel off white
no Sistema Cameron da Divisão Gráfica
da Distribuidora Record.